The World's Educator
OR
EDUCATIONAL GAME.
A Perfect Treasure Box, Full of Knowledge & Fun!
PATENTED IN GREAT BRITAIN MAY 31, 1887.
PATENTED IN UNITED STATES MAY 31, 1887.
One of the Most Wonderful Inventions of the 19th Century
Simple in Construction, any Child can work it.
WIT, WISDOM AND WONDER.
$100 worth of Books would not give the amount of Amusement and Instruction.
VILLA·ARG
KILMORE COV
CORNOVAGLIA

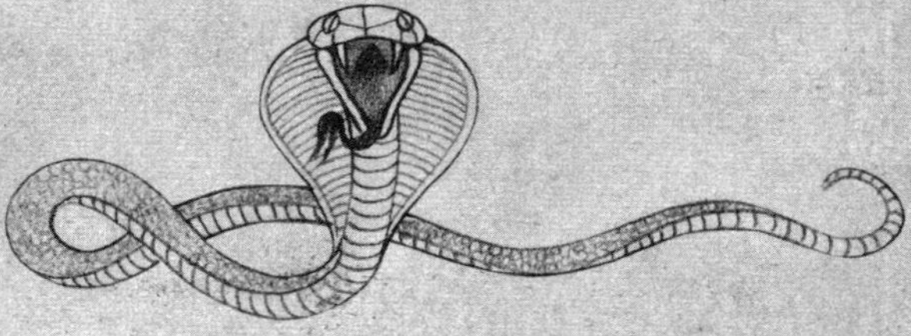

In case of loss, please return to:

Ulysses Moore

~ Villa Argo ~

Kilmore Cove Cornwall

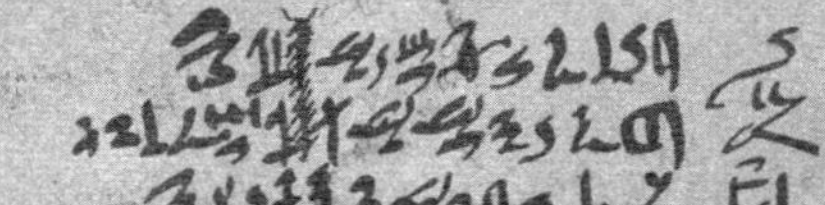

W. CLARKE & SON.

G.H. DAVIDSON 19 PETERS HILL

SOUTH SIDE OF ST PAULS

LONDON

尤利西斯·摩尔
推理冒险系列

尤利西斯·摩尔

ULYSSES MOORE

2 神秘的地图

[意]帕多文尼高·巴卡拉里奥/著 李慧仪/译

中国出版集团
现代出版社

版权登记号：01-2013-6141
图书在版编目（CIP）数据

神秘的地图 /（意）巴卡拉里奥著；李慧仪译. —北京：现代出版社，2015.7（2021.6重印）
（尤利西斯·摩尔推理冒险系列）
ISBN 978-7-5143-3911-6

Ⅰ. ①神…　Ⅱ. ①巴…　②李…　Ⅲ. ①儿童文学－长篇小说－意大利－现代　Ⅳ. ①I546.84

中国版本图书馆 CIP 数据核字（2015）第 172325 号

神秘的地图

作　　者	[意] 帕多文尼高·巴卡拉里奥
译　　者	李慧仪
责任编辑	袁　涛
出版发行	现代出版社
通讯地址	北京市安定门外安华里 504 号
邮政编码	100011
电　　话	010-64267325　64245264（传真）
网　　址	www.1980xd.com
电子邮箱	xiandai@vip.sina.com
印　　刷	永清县晔盛亚胶印有限公司
用　　纸	660mm × 900mm　1/16
印　　张	12.75
版　　次	2015 年 11 月第 1 版　2021 年 6 月第 7 次印刷
书　　号	ISBN 978-7-5143-3911-6
定　　价	39.80 元

尤利西斯·摩尔

ULYSSES MOORE

神秘的地图

亲爱的小读者：

经过一番破解密码的努力之后，我们的同事迈克尔终于能够翻译出尤利西斯·摩尔的第二份日志。但是，基穆尔科夫小镇和镇上的居民，仍然被笼罩在一层神秘的面纱之下……所以，迈克尔决定在康沃尔多逗留一段时间，继续调查事情的始末。在一头栽进这场全新的探奇之旅以前，如果你很想知道之前发生过什么事，请找到《尤利西斯·摩尔——时间之门》看看吧……

你的出版社的朋友

电子邮件内容

删除　回复　回复全部　转发　打印

发件人：迈克尔·梅里韦瑟
日期：2006 年 3 月 1 日，上午 11:23:55
收件人：出版社的编辑同事
主题：令人着迷的神秘事件（二）

我现在正在圣伊菲斯的一间网络咖啡店里写信给你。圣伊菲斯是康沃尔的一个有趣的小镇，这儿实在十分美妙！如果你同意的话，我想在这儿多待几个星期。我已设法翻译出第二份日志。我不能不说，它真是满载惊喜！我找到一个充满新发现的世界……但是，我不想我的叙述影响到你，所以我不会跟你说些什么，我会让你自己去读这个故事，并且由你亲自发现当中的一切……

在写信给你之前，我一直夜以继日地工作，现在实在感到精疲力竭了，当我终于决定离开我的房间时，阳光刺得我不能睁开双眼。说服我出来呼吸一下新鲜空气的，是民宿旅馆的两位店主，他们都是非常和蔼的人。若不是他们劝我，我可能仍然将自己与纸笔一起反锁在房间里，抱着尤利西斯·摩尔那难以辨认的手稿不肯放手。我告诉他们我正在翻译一份神秘的稿件……他们待我像家人一样。

我每天早上跟他们一起吃早餐（你有没有吃过烤饼？它的味道跟拿铁咖啡真是绝配！），然后我便坐到桌前，打开一本新的笔记本，在那大箱子内翻寻对我可能有用的图画和照片。有趣的是，每天晚上，店主总会请我读出当天所翻译出来的译文，并且一起谈论译文的内容。

想听一些离奇的事情吗？民宿旅馆的女店主听说过基穆尔科夫，但他们二人都不能准确地告诉我怎样到那儿去。可我想，反正我也没有太多时间到那儿实地考察！

在道别之前，有几件事情是你应该知道的。经过一番调查之后，我设法追查到一个名为奥利维亚·牛顿的人，她是一位成功的女企业家，致力于发展房地产、租务和旅游业。她跟这些笔记内所描述的奥利维亚·牛顿，会不会是同一个人呢？

在伦敦的住宅电话簿上，登记了数不清的科文德家族。我正耐着性子打遍每一个电话号码！

另一方面，基穆尔科夫这地方并未列于任何地名目录内，这个情况引起了我的好奇。总而言之，我要到圣伊菲斯的市政厅去询问有关的资料。希望能在各款明信片中，找出通往基穆尔科夫的小径；又或者是找到一张可帮助我到那神秘小镇去的详尽的旅游地图。

时间不等人，我要走了。

我很快便会再跟你联络。

尤利西斯·摩尔时间之门的故事发生在基穆尔科夫小镇。

杰森和朱莉娅——一对十一岁的龙凤胎，他们刚刚从伦敦搬到阿尔戈山庄这幢位于悬崖顶上的巨大宅院里，由管理员内斯特照料着。内斯特很少说话，但他似乎知道很多关于这幢房子的事情……

由于这两个孩子热爱探险——有什么比拥有一幢充满了谜团和上锁房间的大屋来得更刺激呢？一天傍晚，他们趁着父母晚上离家到伦敦去的时机，跟他们的朋友瑞克开始进行探索……他们无意中发现了一扇藏在大衣橱后的木门，虽然他们已是尽力尝试了，但始终无法将门打开。那门有四把锁，不过他们在屋内找到的钥匙，看来却没有一把管用的。那门后面究竟有些什么？为什么有人尝试将那门藏起来？三个孩子决心要打开这扇门，无论付出什么代价……

由此展开的一场寻宝历险，带领着三个孩子穿越从石头凿出的神秘通道；活板门和等待破解的谜语，引导孩子们走向那位于悬崖地心的人工洞室，最后他们跨越时间之门，到了古埃及。接下来，又会发生什么惊险故事呢？

人物介绍

杰森

勇敢的少年梦想家，酷爱探险，能够感知到冥冥之中奇怪的东西，比如幽灵。遇到事情容易急躁，常常凭感觉走，经常冒出一些在别人看来十分疯狂的念头。

朱莉娅

杰森的双胞胎妹妹，典型的城市女孩，聪明、开朗、健康、爱运动，喜欢喧闹而又有朝气的城市生活，来到阿尔戈山庄后也对冒险产生了浓厚的兴趣。

瑞克

双胞胎兄妹在小镇上认识的第一位朋友，对小镇上的事情了如指掌。他身体健壮、勇敢坚强，又是三个孩子中比较有魄力的领导者。和许多在基穆尔科夫小镇长大的孩子一样，他对海洋极为着迷。

尤利西斯·摩尔

阿尔戈山庄的前主人，神秘人物。

内斯特

阿尔戈山庄的管理员，曾处理尤利西斯·摩尔的很多事务，了解山庄的秘密。他看上去冷漠而严肃，内心却十分善良。

奥利维亚·牛顿

绰号“群贼夫人”，想要争夺阿尔戈山庄。

玛鲁克

埃及大律法师的女儿，后来成为杰森和瑞克在埃及的好朋友。

“失落已久的地图之店”老店主

曾经是“生命屋”的索引员，在寻找“不在那儿的房间”时，因为引起一场大火，而被驱逐出“生命屋”，后来自己开了一家地图商店。

目录

第一章

基穆尔科夫的
星期六晚上

Cove Cottag 1.03.05

prima stesura della traduzione
del Quaderno II
di Ulysses Moore

Nel baule ho trovato queste POLAROID, molto strane, scattate in Egitto_
Ho cercato su tutti i libri... questo edificio e questa statua non esistono più!!

神秘的管理员内斯特究竟知道什么秘密？他留在阿尔戈山庄有什么目的呢？

天空像黑板一样黑沉沉，正下着滂沱大雨。位于崖顶的阿尔戈山庄，其小塔楼所发出的亮光，穿越一阵又一阵的暴风，忽明忽灭，飘摇不定。庭院的树木随着风势摆动，活像一片片草叶弯垂下来。巨大的浪涛卷起飞沫，拍击着盐崖壁的岩石。

管理员内斯特巡视了无数遍，肯定所有窗户都已关上并锁牢。他一拐一拐地从一个房间走到另一个房间，在漆黑的、款式奇特的家具间，找寻他的路径。因为他对这幢房子的一切都了然于心，所以他轻易地绕过那凸出的抽屉、矮茶几、印度或是非洲雕像，当走到客厅的古董威尼斯枝形吊灯下时，他分毫不差地低头而过，没有发生任何碰撞。他之所以对这幢房子的每一个角落都了如指掌，全因他多年来一直在此忠心地工作。

当他走过楼梯，到达门廊的时候，他在大玻璃门前停下了脚步，望向外面那被雨水浇透的花园。他靠着一个雕像的基座站立着。这座雕像所刻画的，是一个专心修补渔网的妇人。闪电划空而过，刺眼的闪光从窗户射进室内，然后是更深沉的黑暗，雕像在这黑暗之中看起来栩栩如生。

内斯特轻快地揉搓着双手。他爬上楼梯，在前业主的画像下走过，进入了塔楼房间。他匆匆瞥了一眼日记本和珍藏的模型船队，然后便转身离开，一拐一拐地回到楼下，从拱道走到石室，“啪”的一声按亮了电灯。

那是孩子们花了一个下午才解开四个门锁之谜的地方，地上放着笔和纸。

猫头鹰、箭猪、大象、蝾螈。

他们终于想出了开锁的方法……

内斯特盯着那扇黑色的门。那古老的木门上布满了火烧和砍刮的痕迹。它现在又再次被锁上了，牢牢地封锁起来。这一边没有入口。

“希望他们都安好……”内斯特低声说。他的手按着那扇神秘大门的冰冷木板。他低头看了一眼他的机械腕表，那纤长的机械秒针正在缓缓移动。“他们现在应该在那儿了……”他喃喃自语，不安地咬紧了牙关。

第二章

穿越时间之门

Il baule è veramente pieno di cose incredibili_
Penso che questo profumo possa essere di Olivia!
NEFER PARFUMS
Egypt
and

“那里有条通道。”杰森说着把湿淋淋的头发从眼前抹开。

“还有一点儿光亮。”朱莉娅接着说。

瑞克站在双胞胎兄妹后面，把一小截蜡烛塞进口袋：“这里也要暖和一点儿。”

他们走向通道深处。

穿着肥大的衣服和裤子，脚踩着在船上找到的硌脚的木头凉鞋里，他们冷得簌簌发抖。不过瑞克说得不错，这里确实要比他们找到墨提斯号的那个岩洞里暖和得多。

杰森弯下腰摸了摸地面：“是沙子，”他说，“我们是走在沙子上面。”

朱莉娅用手划过构成墙壁的大块岩石，石头黝黑，与盐崖壁的石头大相径庭：“也许咱们在一个火山里头呢。”她咯咯笑着说。

瑞克转身去看他们刚刚穿过的门，在半明半暗的通道里它几乎完全隐藏在周围的石头里了。要不是他知道那里有一扇门，他根本不可能看得出来。他把自己坚持要带来的绳子扛在肩头，继续向前走去。

杰森紧张地吹了声口哨：“小心脚底下，”他警告朱莉娅说，“这里可能会有陷阱。”

他们转了个急弯，发现他们来到了一道石梯脚下，石梯朝上延伸，狭窄而陡峭。阳光从他们头顶上的一个缝隙里穿透进来，杰森径直走进光柱里，高兴地说：“啊！终于见到一点儿阳光啦！”

瑞克摇了摇头，有点不解：“可这根本不可能啊？咱们又没在岩洞里待一整晚。”

朱莉娅直到这时才意识到她的手表停了：“也许太阳刚升起来吧。”

瑞克站到杰森身边的光柱里：“从这里看，这更像是正午的太阳呢，看这光线的角度，我不相信我们在这里待了那么久……”

“至少这能解释我为什么这么累。”杰森说着，小心地揉着自己胸口的伤。

“你们两个知道咱们是在哪里吗？”朱莉娅问。

“要我说……咱们还是在盐崖壁底下……但是在阿尔戈山庄的另一面。”瑞克分析着。

“咱们还是看看再说吧。”杰森提议道，并开始沿着石梯朝上爬。

爬了一半的时候他们停下脚步。隔着那条缝隙，他们能听到两个人在说话：“……一船最高级的香料。”

“你已经把它送到石墓旁边的集市上去了吧？”

“那是自然的，不过今天咱们什么都做不了，警卫太多了！”

“都要感谢法老来参观啊！”

“当然！下次他要是决定待在家里的话，我会千恩万谢的……”

当说话声逐渐消失在远处之后，几个孩子交换了一下惊愕的眼神。“你俩也听到他们说什么了吗？”朱莉娅问。

“响亮又清楚。”杰森一边回答，一边继续朝石梯上面走。

“他们是在说……法老？”

瑞克已经打开了那本《失传语言大字典》，开始在上面翻找：“等等，朱莉娅，我得查查那个词——‘石墓’。”

这时，杰森停在了挡在他们面前的一堵砖墙前，朱莉娅走过来站在他旁边，说：“别告诉我咱们走到死胡同啦！”

杰森用手敲打着砖墙，回答说：“嗯……这是条死路，不过我看这不会阻挡咱们太久的，它似乎相当薄。”

“‘石墓’，”瑞克读道，“‘是一种神圣的埃及陵墓，形状是一个削去顶端的金字塔，内部以壁画或浮雕装饰，外部为了防止盗墓者进入，通向墓室的门是隐秘的……’”他的声音渐渐停了下来。

朱莉娅瞪着他：“神圣的埃及陵墓？墓室？盗墓者？”她猛地转身对她哥哥大喊着说：“杰森！”

瑞克合上了《失传语言大字典》：“快告诉我我是在做梦吧……”

“杰森！”朱莉娅再次说，“你是不是有什么事没告诉我们？”

事实上，杰森的惊讶并不亚于他们。但是，正如朱莉娅猜测到的，杰森的心底其实就要高兴得爆炸了！“看来……我们成功了……”他靠在砖墙上，激动得几乎都站不稳了。他再次回想着在墨提斯号上时他做的空想，那时那艘船就是不肯合作，而后来他是如何让它扬帆启航，用全身心的力量引导它驶向梦想的地方……“咱们是在埃及！”

瑞克看看他的朋友，又看了一眼朱莉娅，最后，看看他们古怪的四周。他点点头：“唉，咱们显然已经不在基穆尔科夫了，这里不可能是基穆尔科夫。”

朱莉娅整个人都紧张起来：“你说这里不是基穆尔科夫是什么意思？”

瑞克指点着他们头顶的缝隙：“你听到那些人说的话，不是吗？香料，石墓，法老……”

杰森咬住嘴唇才能忍住笑容，但朱莉娅已经飞转过身子，用手指点着他：“杰森，现在你得……”但她根本没来得及说完要说的话，就听见有人正在砖墙的另一面敲击着墙壁。

正当午夜来临之前，暴风雨越来越猛烈，基穆尔科夫的灯塔亮了起来。在塔楼上出现的，是一点橙色的光芒，好像一个巨大的过热灯泡。几经尝试后，两道白色的光柱开始探测漆黑的夜色，在黑暗中缓缓旋转。

光柱射出，划过海面的上空，在一段距离外失去踪影，然后再在房顶上穿梭巡逻，像一只白色的大眼睛在夜晚守望着一切。

整个小镇都安详地睡着了。

这时，一辆汽车驶过寂静的街道。这辆汽车的款式是黑帮歹徒们最喜欢的那种：黑色、豪华、炫耀不必要的高科技。它的最新一代有着利落快速的水拨，水拨在挡风玻璃上滑行而过时，就像一个速滑选手滑过冰面。但当那辆车子到达山顶的时候，那有色单镜反光玻璃窗却不能阻隔从灯塔射出的强光。灯塔的强光就像明朗的日光，照亮了整个车厢。突然涌入的耀目光线令司机看不见前方，他急忙踏下刹车板，车子发出尖锐的刹车声。

车后座传来女人的怒吼声和一连串喋喋不休的责备，最终以一句不容反驳的判词作为结束，那就是：“不要再犯！”

那司机只嘀咕了一个简短的回答，当他驾车下山驶向市中心的时候。换成了一挡，然后又换了二挡。他驾驶汽车沿着小码头旁边行驶，让灯塔落在他身后，又向下转入第二个迂回曲折的隘路路口，向市中心进发。

“不是这条路。”坐在后座的女人咆哮道。

“但是走这条路会快一点儿。”那司机回答说，他木然地透过后视镜看着那女人。那女人长长的指甲上涂满紫色的指甲油，闪亮的指甲反射出她怒目而视的险恶表情。

车子到达一个圆形的广场，广场中央矗立着一座骑士雕像。一只海鸥躲在青铜雕像的马腹下避雨。“艺术这门子东西还真有用处。”那司机一面想，一面露出得意的笑容。

他驾着车子作了一个反向转弯，驶入了一条仅仅比车身稍宽一点的小路。一幢幢有着漂亮房顶的老房子排列在路旁。一串串的雨水滴下来，像是从排水管倾流出来的瀑布。

“我们到了。”司机说着，把头探出车窗外。

挡风玻璃的水拨还没有完成下一次的刮擦，他已把车子驶上了一幢矮房子的旁边。房子有上下两层，有一个种满了花的阳台、可爱的天窗和斜斜的房顶。

“妙极了。”那女人以唱歌的嗓音说道，她朝自己身上喷了大量香水，自行推开车门，“来，我们走吧！”

“我也要去吗？”

“难道你忘了你的职责是什么吗，曼弗雷德？”奥利维亚·牛顿示意司机赶紧闭嘴，她一马当先地朝老房子走去，顾不得关上身后的车门。

第三章

墙

杰森等人发现自己来到了埃及，难道真的是摩尔先生引导他们来到这儿？他要孩子们帮他完成什么事情呢？

杰森、朱莉娅和瑞克此时正处在一个陌生的环境中，他们的面前是一堵砖墙。刚才，两个埃及人的谈话使他们意识到他们已经不在基穆尔科夫，而是在埃及！

真是不可思议！墨提斯号居然穿越风暴带他们来到了埃及！难道是尤利西斯·摩尔引导他们来到了这儿？杰森虽然难以置信是自己的意念起了作用，但他仍然鼓励伙伴们不要返回阿尔戈山庄，而是继续向前，也许他们的探奇之旅才刚刚开始。

就在这个时候，他们听见有人在砖墙的另一边敲击这堵墙。

“笃笃笃……”敲击墙壁的声音，一遍又一遍地重复着。一下、两下。一下、两下。

“我们还是回去吧！……”朱莉娅轻声说，但杰森示意她不要说话。

一下、两下。

这些敲击都是轻轻的叩拍，好像有人在尝试找出这堵墙是否真的存在。

“为什么他们要敲这堵墙呢？”朱莉娅以极轻的声音问道。

“一定有人听见我们说话。”瑞克回答，“他们在试试这堵墙有多厚，就像你哥哥刚才做的那样。”

杰森将耳朵贴到砖头上去。

“你听见什么啦？”他的妹妹问。

“只听见你的声音，因为你总不肯闭嘴！”

然后，他又在墙上轻叩了两下。

朱莉娅瞪了他一眼，又骚扰他说：“那么，你现在又在做什么呢？”

“我在回答他们。”

在他们身后不远处，瑞克摇摇头，说："这或许不是一个很好的主意。我不知道我们应不应该让别人知道我们在这里……"

墙的另一面传来两下清晰的叩击，然后是一下更响亮的击拍，杰森以一下同样响亮的击拍作为响应。

"杰森……"他的妹妹低语说，"你没有听到瑞克刚刚说的话吗？"

"嘘！他们好像在干什么……"

三个孩子听到一连串难以辨认的声音，然后是一阵寂静。接着，终于传来一阵刺耳的金属摩擦声。

"你听到了吗？"

"是……是的，听到了。"

"那是什么声音？"

"听起来像是钢铁的声音，钢铁刮擦石头的声音。"

他们站在那儿留神倾听，但是在墙的另一边的神秘人却好像停了下来。接着，一阵尘埃突然从墙脚处涌入。

杰森意识到将会发生什么事，他向后跳离墙壁，对其他人大叫说："离开！快跑！"

随着一声巨响，空气中扬起了一大片厚重的白色烟云。

朱莉娅连跑带跳地下了阶梯。她敏捷地闪身越过瑞克，使劲地向前跑，但仍然来不及逃过这片烟尘。她没有往后看，但她听到杰森在她身后大叫："快跑！快跑！"

她同时能感觉到瑞克也开始跑了起来。

她加紧脚步跑得更快，一下便转到弯角后面。然后，她听到翻滚的砖头互相撞击的声音，瑞克一边咳嗽一边重复地对她说："走呀！快走呀！"

她脑海中一片空白，似乎被恐慌压倒了。朱莉娅到达他们刚刚走进来的那扇门前，她用力拉开它，跑到门的另一边去。

她在一片漆黑中奔跑，脚下绊到一些东西，失去了平衡。

她绊倒在地面的小垫子上。

一个小垫子?

她转身看到那扇神秘大门伴随着一团尘雾和“噼啪”的声响，在她身后关上了。门后那些声音被完全隔绝了，瑞克的喊声和她哥哥的大叫，好像从来都不曾存在过一样。

朱莉娅跳了起来。神秘大门？她在哪儿?

一个垫子、一张小桌子、一个被推到一旁的大衣橱、一张蓝色的沙发和几张扶手椅子。雨点在外面敲打着百叶窗。

“阿尔戈山庄？”她大声问道。

接着她看到一个男人的影子，不由得发出一声尖叫。

内斯特也惊呼了一声，他正在阅读的纸张撒落一地。

当他们两人都冷静下来后，内斯特问她说：“朱莉娅，你还好吧？”

她张开了口，但却没有回答内斯特的提问。她盯着那扇神秘大门，以及随她一同来到这里的灰尘，不明所以。

内斯特继续问她说：“其他人在哪儿？”

朱莉娅摇摇头。在她身后，神秘大门关上了。大门的表面布满了抓刮和烧焦的痕迹。那四个钥匙孔排成菱形，像反过来嘲笑她的一张脸孔。

瑞克不在这儿，杰森不在这儿，她是唯一一个返回到这儿的人。

朱莉娅再次摇摇头。

“我不知道，”她回答道，“我不知道。”

克利奥帕查·比格斯小姐 65 年来都住在基穆尔科夫，她被一阵叩门的声音吵醒。她摸索着，找到了床头灯的拉绳，用力一扯，灯亮了。

两只胖嘟嘟的肥猫睡在她家的地板上。“发生了什么事，安东尼？”她问其中一只猫儿说，“你也听到了吗？”

安东尼跳到窗台上，盯着窗外，它的背脊僵直，尾巴也直挺挺地竖起来。另一只猫却继续打瞌睡，好像什么都没有发生过一样。

“很抱歉吵醒了你，西泽。但我相信有人在门外呢。”

比格斯小姐揉揉眼睛，抓起了那只放在床头柜上的闹钟，它的款式十分古老。她瞧了那闹钟一眼，才刚刚过了午夜。

“在这个时间来的会是谁呢？”

无论那是谁，他们又再一次叩击她家的大门了，这一次的叩门声比上一次更为坚决。

“我来了！我来了！”比格斯小姐一边找那双放在床下的羊毛拖鞋，一边嘟囔着抱怨。她不小心踩到了第三只猫的尾巴，那猫儿一下子蹿了起来。“噢，对不起，马库斯·奥里利马斯！”

她用软弱无力的手拍拍自己凌乱的头发，再没有打开其他的灯，拖着沉重的步子缓缓走下楼梯，避免踩到其他的猫儿。

“嘘，仔仔！让我过到那边去！”比格斯小姐的话把她那20只猫儿都吵醒了，“我要去应门！”

雨点持续敲击着窗户、阳台上的花瓶和天窗。街灯的柔和光线透过镶嵌在门上的玻璃照进来，隐约地透出一个人影的轮廓。

比格斯小姐突然想起，她在电视节目里看过很多类似的情境。在开门之前，她扣上了大门的防盗链。

“哎呀，什么？牛顿小姐，竟然是你！”当她认出面前站的是谁时，她用惊奇的声音呼喊说，“你怎么会到这里来？”

“你可以开门让我进去吗，比格斯小姐？”奥利维亚·牛顿说，她冷冰冰地作了一个微笑，同时将身上穿的黑色皮裘裹得更紧，“外面正下着倾盆大雨呢。”

克利奥帕查·比格斯解开防盗链，打开大门，让她的客人进来。奥利维亚·牛顿的高跟鞋踏在古老的木地板上，发出嘎吱嘎吱的声音。猫儿见到这位午夜访客，全都赶忙躲到客厅的阴影处，它们因为受惊而猫毛直竖。

“牛顿小姐，我真的很抱歉穿成这个样子来应门，但我可真没有想过会是你呢！屋里很乱，而且……”她边说边转身去关门，但是被一只强壮有力的手挡住了，那只手再一次把门推开。

一道闪电照亮了曼弗雷德愤怒的脸，他正湿淋淋地站在门口。

克利奥帕查·比格斯被他的怒容吓坏了，用一只手捂住胸口。她身后的马克·安东尼和马库斯·奥里利马斯伸出了它们的猫爪。“牛顿小姐！这位男士是跟你一起来的吗？发生了什么……什么事？”

奥利维亚·牛顿没有回答这问题，她已肆无忌惮地走进通往客厅和厨房的走廊，在地下室的门前停下来，开始在墙上四处摸索。

她嘀咕着说：“这房子没有灯吗？”之后，她突然意识到前门发生了什么事，说道，“啊，是的，比格斯小姐，可不可以让我的司机也进来？”

克利奥帕查·比格斯打消了疑虑，她退后一步对曼弗雷德说：“请进……”

曼弗雷德用十分厌恶的眼神看了看那两只跟在主人后面守护着她的猫，走了进去。曼弗雷德站在房间的中央，身上滴着水，咆哮说：“我讨厌猫。”

奥利维亚·牛顿站在地下室的门前，脱下了她的皮裘，随意抛在地板上。在皮裘下，她的穿着活像清谈节目的活跃女主持人：凉鞋的鞋带摇摇欲坠地缠到小腿上，一条灯心绒腰带将长长的宽身亚麻布裙子围在腰上，毛绒绒的上衣袖口处是美洲豹斑纹，还有一条皮毛披肩；一条华贵的环状项链装饰着她那修长的颈项，那项链由压扁了的黄金条编织而成。

面对着一位装扮得如此令人艳羡的女性，比格斯小姐本能地往后理了理她的头发，并且拉直了她的蓝花布睡袍："牛顿小姐，你有一条很好看的……"

"灯！"奥利维亚·牛顿焦躁地吩咐她说，"开灯！我看不到东西！"

克利奥帕查·比格斯打开了顶灯，暗淡的灯光因暴风雨而闪烁不定，整个房子都靠这微弱的灯光照着。

"终于！"奥利维亚指着地下室门上的什么东西说，"终于被我找到了。"

比格斯小姐试着安抚她的两只猫，它们已被这突然的侵扰弄得烦躁不安，她坦率地问："对不起，你说的是什么？"

奥利维亚的手顺着这扇古老房门的门锁滑下去，她俯身从地上拾起几颗沙粒。"没什么，亲爱的……"她用一种虚假的平易近人的语气说，"你何不现在就回到楼上睡觉去呢？"

奥利维亚说话间，曼弗雷德迅捷地用泡过麻醉剂的手帕捂住了比格斯小姐的嘴巴。

那个妇人的眼睛，因为惊讶而睁得大大的，但那只是几秒间的事情。她终于从曼弗雷德的臂弯里慢慢滑下，晕倒在地上。那些不安的猫儿围着她，担忧地舔着她。

"我一会儿再见你，曼弗雷德，"奥利维亚·牛顿咬牙切齿地说，"现在，你知道该怎么做。"

她从上衣的口袋中掏出一把生锈的钥匙，钥匙的手柄上雕刻了一只猫。她将钥匙插入了比格斯小姐的地下室门孔内，尝试将门打开。

"喀哒"，门锁扭开了。

第四章

访客

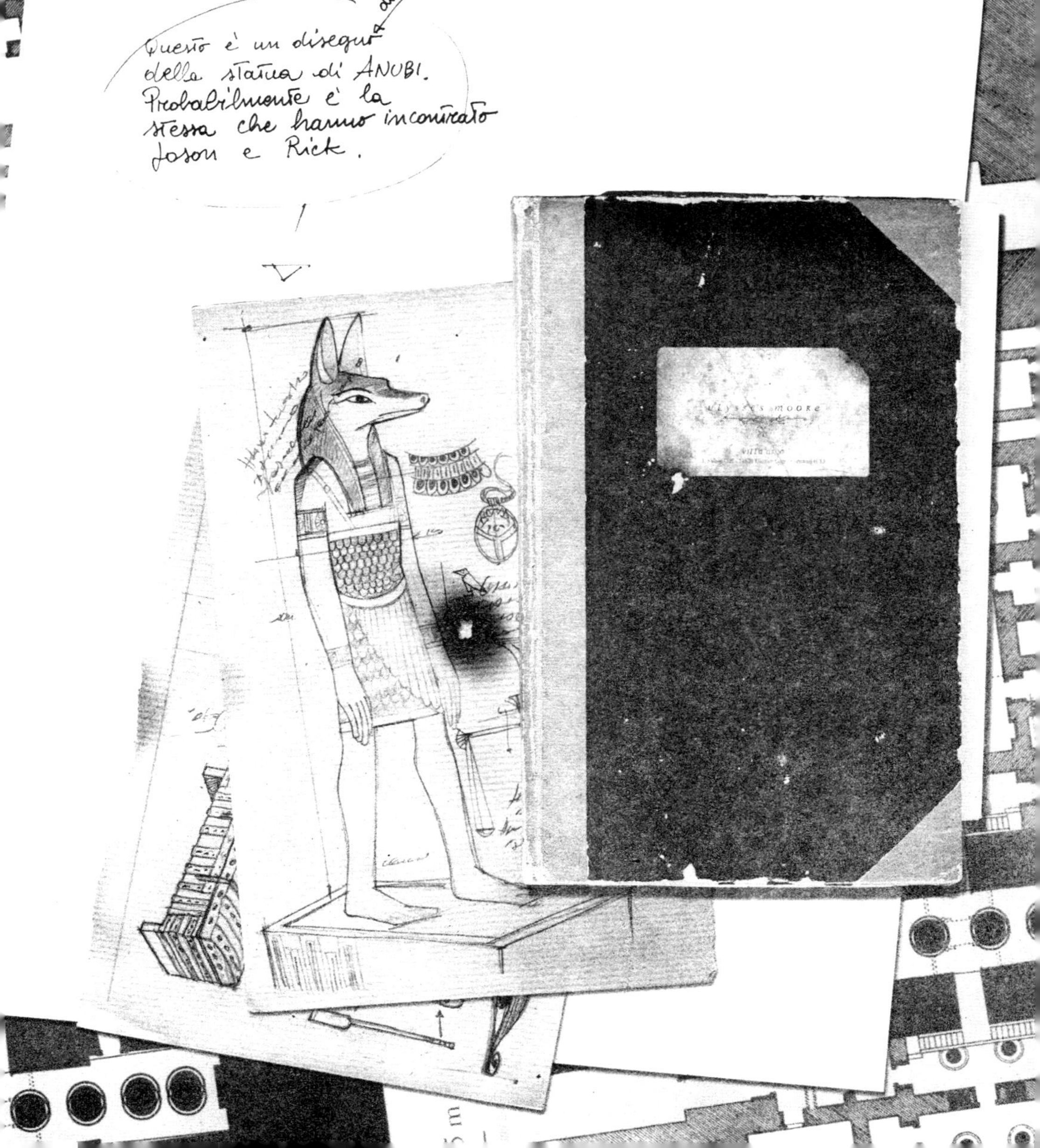
di Ulysses?
Questo è un disegno
della statua di ANUBI.
Probabilmente è la
stessa che hanno incontrato
Jason e Rick.
Ulysses moore

当尘埃终于不再翻滚，杰森看到的第一件东西，是一张可怕的脸，那是一座从砖头堆中露出来的狗儿石刻。

他很快便认出了那是阿纽碧斯，它是古埃及的神明，有着豺狼的头颅。更准确一点来说，它是死亡之神。

那雕像在墙上撞开了一个洞，倒在墙的这一边。

“朱莉娅？”杰森挣扎着站起来呼叫。

他离开雕像走了几步，尝试分辨自己的方位，但厚厚的尘雾仍然飘浮在空气中。“瑞克？”

他的朋友正伸开四肢躺在离他不远的地方——楼梯下面。

“你没事吧？”

“没事。你呢？”

“我也没事。朱莉娅在哪儿？”

“我不知道。”瑞克夹着咳嗽回答说，“她刚才就在我前面。我想她可能到了那扇门，走回人工洞室去了。我去看看……”

“等等！”杰森叫住了他，然后小心地留神倾听。他认为他刚刚听到一个小小的声音从墙的另一边传来，“有人在这儿！”

他们两个小心翼翼地走到死神雕像旁，从墙上的洞口偷看对面的情况。

在另一边，一个看来跟他们年龄相仿的女孩，被埋在一大堆打破了的油罐碎片中间。

“救——救——救命呀！”那个素不相识的女孩结结巴巴地说。

“噢，天哪。瑞克！我想她需要人帮忙……”杰森叫道，说着便爬过了砖墙。

两个男孩将这个女孩从一大堆油罐的碎片中拉出来。她穿着一件束腰外衣，意外发生前，那件外衣肯定是白色的。除了那条从她头的一边垂到胸前的辫子外，她的头发上都覆盖了一层厚厚的灰土。

在瑞克和杰森的帮助下，那女孩爬起来，扫掉身上的碎片，查看有没有哪儿弄伤了。

“看来我真的把东西都弄得一团糟！”她一边咳嗽一边断断续续地说，灰尘渐渐沉落到地上。

但是杰森和瑞克没有注意听她说什么。他们目不转睛地盯着身边的一切。这是个积满灰尘的小房间，里面放满了奇形怪状的手工木制家具；一块刻了一只巨大脚掌的石头，一个形状像鳄鱼的箱子，一张桌脚的形状像鸟爪的桌子，并且有数不清的油罐碎片散落在地上。

那女孩站直了身子，双手叉着腰，眯缝着眼，好看清楚墙上那裂开了的洞口。

“她近视。”瑞克想。

“你们两个是从哪儿来的？”她问。

她的身体散发出强烈的花香味，而皮肤上却布满油罐留下的红色陶土痕迹。

“我们从墙的另一边来。”杰森回答。

“那边有些什么？”

杰森和瑞克交换了一个默契的眼色。

“噢，没什么……除了跟这里一样的东西外，那儿差不多没有什么东西。当然，还有很多灰尘……”

“这么混乱！”那女孩发出一声呻吟，“如果给我爸爸发现，就死定了！”

“你是在说我死定了吧？”杰森叹息说。

瑞克微微皱着眉头，没有说一个字。

那女孩靠后站到阿纽碧斯像旁边，问道：“你们为什么要撞向这堵墙呢？”

“噢……”杰森回答说，“没什么特别的原因。我们刚才只是在聊天，然后……笃笃……我们叩叩这堵墙，看看它有多结实。”

“我立即便听到你的声音了！这墙像Seba一样薄。”女孩说。

“对，像Seba一样薄……”杰森拘谨地重复道。

在他身后，瑞克快速地翻查《失传语言大字典》，然后贴近他的耳边说：“Seba是遮阳伞的一种。”接着他又用充满担忧的声音补充说：“古埃及语。”

他们耳语时，这个女孩告诉他们发生了什么事：“我听到你的声音时，本来正在找一片有趣的Ostrakon的。”

“Ostrakon：破陶器的碎片，用来写下简短的话或咒语。”瑞克轻轻地耳语说，这样只有杰森可以听到他在说什么。然后，他更为关切地补充说：“古埃及语。”

“所以，我便自己一个人走去叩那堵墙……”她继续说，“我以为那只是我的幻觉，但是当你叩墙响应时，我翻遍这儿的东西想找一件有分量的，于是我找到那个阿纽碧斯的古老雕像……我想用它的基座去敲这堵墙，但是……正如你所看到的，它整个崩塌下来，而且……啊，出大事了！”

杰森兴致勃勃地笑着。

“我不是有意弄成现在这么混乱的，”那女孩继续说，“但是我太好奇了。我以为我发现了一条秘密通道……或诸如此类的东西。”

“但你发现的却是我们。”瑞克说。

她吃吃地笑说：“是的，而且没有秘密通道。”

当她说话的时候，杰森小心地打量着她，他决定不会冒险相信这个女孩。

"听着，我知道这问题听起来很奇怪，但是……这里究竟是什么地方？"他问这个女孩。

"我们在访客之家的储物室里。"

"唔……"瑞克指着墙洞另一边的走廊说，"这么说，那儿便没有什么秘密通道了。那一边只是访客之家的……另一个储物室罢了……"

"是……是的。"杰森配合瑞克所编的故事说。

"但是，你们在那里做什么？"

"唔……呀……啊……我们是……访客，当然是来拜访了！"

那女孩的脸庞突然焕发出欣喜的光芒。

"真的？你们是随最近到达的船队到这里来的？你是不是这个意思？"

困惑的杰森摇摇头，然后又点点头。

瑞克选择肯定这个女孩的猜想，他说："是的。我们是随最近刚刚到达的船队来的。"

"这真是一个非常重大的消息！我不知道竟有跟我同年纪的人一起来呢！我还以为他们只会又带那些沉闷年老的朝廷官员来。总之，很容易便看出你们两个是外地人……"她顽皮地笑着说，"我一眼便看穿了。你们穿着奇怪的衣裳，而且说话的口音有趣极了。我从没听过这样的口音。"

在话题变得敏感之前，瑞克尝试改变谈话的焦点，他说："让我们尝试修补这堵墙吧，你认为怎样？"

三个孩子开始工作。他们找到一块长木板，上面有一个新月形的靠枕，据那女孩说，这是一张被弃置的旧床板。他们拖着它走过油罐的碎片，然后将它靠向墙壁放着。

十分幸运，没有人来打扰他们，那即是说，这场灾难并没有引起其他人的注意。

杰森仍然很担心朱莉娅的下落，然而，他还是决定稍后再跟瑞克讨论这件事，至少，要等这个女孩离开他们才行。

“好极了。”当他们完成修补墙壁的工作后，女孩说，“好像新的一样。除非有人移动旁边的东西，否则没有人会发现墙上的洞。如果我们快快离开这儿，便没有人知道是我们弄的了。你们跟我一起走吗？”

杰森咬咬嘴唇，把话吞回肚子里去。

“当然啦。你先走。我们……我们收拾一下自己的东西，再追上来……”

当女孩一离开那房间后，瑞克便开始迅速收拾他们所有的物品——《失传语言大字典》、尤利西斯·摩尔的日记、烧剩的半截蜡烛、一些火柴，以及他认为最好还是带在身边的绳索。他将东西统统装入袋子里。

“瑞克，你认为朱莉娅为什么没有回来呢？”杰森在瑞克的耳边说，确保他们的谈话不会被别人听到。

“我不知道。但我们刚刚把她封在了墙的另一边。现在如果我们要离开这儿……无论我们将要去什么地方……都是十分危险的。”

“唔……除此之外，你刚才看到朱莉娅拉开了那扇门……不，我不认为我妹妹现在有危险，”杰森说，“原因很简单，我认为她不能回到这里来……”

“你为什么这样认为呢？”

“我是她的孪生哥哥，我能感应到。但以防万一，让我们留个记号给她吧。”杰森指着散布在地面的油罐碎片，建议说，“在墙上给她留个信息。”

“但我们刚刚封住了她进来这里的唯一通道。”

这时，那埃及女孩窥探了一下房间。“好了吗？你们到底来还是不来？”

“啊，当然来！”杰森说着便动身走向女孩，他对身后的瑞克投出饶有深意的一瞥。

瑞克从地上拾起一块油罐碎片，将遮盖着墙洞的木板推到一边。

当杰森和那女孩离开房间后，瑞克工工整整地写下：

不要走开，

我们很快便回来。

然后又加上补充：

注：我想我们真的在埃及！

在阿尔戈山庄，内斯特说服朱莉娅坐在石室的沙发上。她看起来仍然在为刚才所经历的事件震惊不已。事情发生得那样快，以致她竟没有意识到只有她一人走过神秘大门。

为何她要逃跑？在他们最后停下来的地方，那儿曾有一些……

“你说一场爆炸？”内斯特很有耐性地问。

朱莉娅伸手敲打自己的脑袋：“是的……那里有一条通往一堵墙壁的楼梯。杰森用指节叩墙，不久，我们便听见有人在墙的另一边叩击它。于是，杰森再次叩墙作为响应……然后，好像有爆炸一样……扬起了一大片尘雾。杰森大声叫我跑，所以我就赶快跑开。我从远处跑到门那儿，拉开了它，然后……然后，我就回到了这里——门的另一边。”

朱莉娅注意到她口袋中仍藏着那四把他们用来开启神秘大门的钥

匙。她双手微微发抖，将钥匙排在身前的矮茶几上。

“奇怪。”内斯特低声回应，在房间内担心地踱着步。

“等等……”朱莉娅打断了内斯特的沉思，她的目光从四把钥匙转移到内斯特身上，“有什么奇怪？”

内斯特打了个含糊的手势，说：“发生在你身上的事情啊。”

朱莉娅跳了起来，她突然明白了：“你是知道的！你知道门后有什么！”

内斯特挑起了一条眉毛，尝试改变话题说：“你想喝杯茶吗？”

“不！回答我：有什么奇怪的？你知道这扇门该如何运作吗？我们当时真的在埃及吗？正如杰森所想的那样？为什么结果我又回到这儿呢？”

“我去泡壶上好的热茶给你。我肯定它会令你觉得好过一点。”内斯特说着，身影随即隐没到另一个房间里去了。

“你去哪儿？内斯特！内斯特！我不需要那乏味的茶！我要一个解释！”朱莉娅走到神秘大门前，尝试拉开它，但它关得紧紧的。

“这样做是没有用的。”内斯特在通往厨房的走廊里对朱莉娅说，“它不会开启的。”

一阵怒不可遏的狂涛在朱莉娅心里翻动。她走回矮茶几前，猛然抓起那四把钥匙，将它们按顺序逐一插入大门的门锁。

O-P-E-N。首先是猫头鹰，然后是箭猪和大象，最后是蝾螈。

“这样做是徒劳无功的！”内斯特的声音从厨房里传来，他再一次重复说，“它不会开启的！”

“这只是你的说法……”朱莉娅咬牙切齿地低声说。

她扭动门锁的钥匙，使劲地推拉大门，但那扇门却纹丝不动。

她一次又一次地作出尝试，但那扇门仍然没有被打开。

当她去到厨房找内斯特的时候，他正好俯身贴在大理石洗涤盆上，透过玻璃窗察看外面的花园。一个铜壶在炉灶上，水已经烧开了。

“茶很快便好了……”他温和地说，想引开朱莉娅的注意。

“为什么不能打开呢？关于那扇门的事，你知道些什么？杰森和瑞克现在在哪儿呢？数分钟前，当时还没有发生爆炸。我们三人所在的，究竟是什么地方？”

内斯特耸耸肩：“你一口气问了这么多问题。我不能同一时间回答所有问题的。即使我知道如何回答每一条问题……那也不过是你不应作的假设而已。”

朱莉娅走向一张有红白花纹夹垫椅套的凳子，用一只脚将凳子勾到面前，爬到上面，一屁股坐下去。

“为什么你要这样做呢？我对你做过些什么？”

内斯特关上了铜壶下的火，拿起了一个韦奇伍德装饰陶瓷出品的阔口水瓶，瓶身是蓝白相间的颜色。他抓了一把茶叶，放进烧滚的热水中。

“你没有做错任何事。事实上，我很高兴你安然无恙地回到这儿。”

“安然？……从哪方面说呢？”

内斯特被激怒了，茶的颜色变得像铜壶一样。

过了一会儿，他回答说：“就你离开了你们三人决定去的地方来说……”

第五章

夜间招供

ito... _ disse la ragazza egizia
iunsero una grande sca
'esterno. _ Io
Io so
Casa della vita?
ue ragazzi.
Maruk. _ Mio
ani sono dei
cui ci siamo

埃及女孩带杰森和瑞克去见什么人？内斯特告诉了朱莉娅关于摩尔先生的什么秘密呢？

他们到达了一条通向外面的大楼梯，那埃及女孩说："顺便告诉你……我的名字是玛鲁克。"

"很高兴认识你。我是杰森，他是……"

瑞克拿了一块红土陶瓶的碎片，在刚刚走过的墙上画了一个记号：这是一个防范的举动，确保他们稍后能找到回程的路。随后，瑞克快步追上他们。

"他是瑞克！"

"你们的名字真够特别的。你们是什么人？努比亚人吗？"玛鲁克爬上了石级。

"不。"两个男孩异口同声回答说。

"这样很好……"玛鲁克微笑说，"我爸爸常说努比亚人都是小偷，你们真的不是努比亚人？"

"那么，你自己也可能是努比亚人了。"杰森戏弄她说。

玛鲁克对他的笑话报以微笑，但她坚持说："你们究竟从哪儿来？让我想想，如果你们是努比亚人的话，肤色太白了，确实不对。你们是腓尼基人？克里特人？闪族人？利比亚人？"

"事实上……"瑞克开始说，"这有点难以解释。这样说吧，我们是从很远很远的地方来的。"

"我是英国人，而他是爱尔兰人。"杰森插话说。

"埃耳拿人？"

"爱……爱尔兰人。爱尔兰是一个岛屿。我也是从一个岛屿来的，但它的面积却比爱尔兰大得多……它的名字是英格兰。"

玛鲁克摇摇头，很感兴趣地说:“我从没听过这些岛屿。”

“那大英联合王国呢？”瑞克碰运气地问道。

“如果这是指上埃及和下埃及，那么我听说过。但我告诉你，这可是我们之间的秘密，我的地理科成绩有点跟不上。”

杰森很震惊，他结巴着说:“那么说，你从来没有听说过曼联？”当玛鲁克说她没有听说过曼联的时候，杰森望着瑞克，惊讶地说:“怎么会有人从没看过曼联踢足球呢？”

但是，当他们到达楼梯顶，一脚踏到外面去的时候，一切就变得顺理成章了。

他们发觉自己置身在一个被厚重高墙所包围的辽阔花园内。那围墙是用石头建成的，高得像一座山，那火红的颜色，令它看来像是给日光烧着了一样。围墙上有一个宽阔的通道和星罗棋布的间隙，海鸥鼓翼展翅穿梭而过。在巨大的围墙映衬之下，海鸟看起来像一只只白色的小苍蝇。

“忘记曼联吧……”瑞克结结巴巴地说，眼前的情况令他有一种喘不过气来的感觉。

玛鲁克完全无视眼前这壮观的景致，她带头向花园的中央走去，经过一段栽有棕榈树和其他树木的道路，藤蔓在他们身边摇曳发出“沙沙”的声响。还有一个水池，他们看见一幢以很多柱子作装饰的雅致建筑物竖立在眼前。玛鲁克转入一条宽阔平坦的林荫道，路上排着小小的狮身人面像，每座雕像都持着一把遮阳伞，为路人提供遮荫的地方。

杰森和瑞克犹豫地跟在她后面，不住地打量他们身边的每一样事物。

林荫道通到一片田野，田野上随处可见盛开的鲜花，花丛中几只喙尖嘴利的苍鹭和朱鹭正懒洋洋地闲逛着。瑞克嘀咕说："杰森，最后我们会走到哪儿？"

"我也没有半点头绪。"杰森搞不清方向，"但我们最好还是跟着这个唯一可以解释给我们听的人走。"

"如果你们不介意的话，我想在这里停一停，去见见我的老师……"玛鲁克说，"然后，我便带你们去见我爸爸——大律法师。"

"很好……"杰森以平静的声音说，与此同时，却向瑞克使了一个担忧的眼色，"她要介绍我们给她的父亲。"

玛鲁克在一个比成年人高三倍的雕像前停下。那雕像的肢体像人的身体，但头颅是个狒狒的头，手里拿着一支铁笔。

"这是透特神。"那女孩说着，向这个人身狒狒头的雕像打了一个手势作为问候。做完这一切，她便朝雕像后面的一幢正立方体的建筑物走去。

瑞克清清喉咙，读出字典里的一段话："透特——古埃及的月亮神，教人类文字和数学。"

"不要告诉我。我们回到几千年之前的世界，只是为了要在这儿上学！"杰森结巴着说。

瑞克耸耸肩，继续读下去："幸运的是，他看起来好像也教音乐和游戏。"

"谢天谢地……"杰森松了一口气。

在那幢正立方体的建筑物前，他们赶上了玛鲁克。在建筑物的正面，绘有闪亮而色彩缤纷的象形文字作为装饰，他们抬头欣赏这些美丽的绘图。

"大律法师宅邸。"瑞克说，他读出了那些象形文字，仿佛那是天底下最自然不过的事，"可是……杰森……！"

"不要问我为何会这样，"他的朋友一边回应道，一边跟着玛鲁克走进大律法师的宅邸，“其实，我也能读出那些字。”

大律法师的宅邸里面暗沉而清凉。

当女孩和她的朋友走过时，每一个碰见他们的人都向他们鞠躬行礼。

瑞克和杰森被吓得目瞪口呆，他们试着向那些人鞠躬还礼。瑞克试探着提了一个问题：“你爸爸是大律法师，这是不是说，他是这里一个非常重要的人物？”

玛鲁克微笑着将辫子甩回肩头后面：“我会说，除了法老和大祭司外，他是我们国家最重要的人。”

瑞克咽了一口唾沫，而他身后的杰森则一个劲儿地偷笑。

他们一行三人走下一条绘有无数象形文字的狭窄走廊，到了一个宽敞的所在，水从腐蚀的天花板上像小瀑布般流下来，汇集到铺着浅蓝色瓷砖的中央水池里。

“这儿是我们的流水大厅……”玛鲁克解释说，“那下面是著述大厅，那里是花场，这些楼梯的顶端是阳台。在那儿等我一会儿，我办妥一点事之后，便会立即来找你们。”

内斯特递了一杯滚烫的热茶给朱莉娅，然后站在那儿看着她。她两手抓住那杯茶，闭上眼睛，深深地吸入那散发着茶香的蒸汽。

“我认为那里是埃及……或者像埃及的地方。”一阵沉默之后，朱莉娅终于开口说道。

“埃及……当然……”内斯特喃喃地说，“而你是怎样到那儿去的呢？”

朱莉娅用了好一会儿才预备好该怎么说，便将他们走过大衣橱后的门，及其后所发生的事一一说了出来。当她下定决心要将事情说出来时，她并没有遗漏任何一个细节：那圆形的房间、通向下面的楼梯、漆黑中的跳跃、斜道、被萤火虫照亮的人工洞室、墨提斯号。

“是杰森掌舵的……也是他启动那条船的。”

当内斯特听到详细的情形后，他小心地用茶杯遮挡起他唇上的微笑。“杰森，当然了。当你打开了人工洞室的门，就是那扇有三只海龟在上面的门时……”

“那里有一条铺满了沙子的走廊……我们发现那走廊被一堵伪装的墙截住了，然后……然后那堵墙塌了下来，我就在那时逃跑了。”朱莉娅继续说。

“唔……”这就是内斯特唯一的回应。

朱莉娅从她的茶杯后抬起眼睛来：“听到这一切，你怎能如此冷静？”

内斯特耸耸肩：“我不知道，或许这应该归功于我所受的英式教育吧。”

“好了，一切就是这样！”朱莉娅突然冒出这样一句话，她将茶杯“砰”的一声搁到桌上，从凳子上跳下来。

“你在做什么？”

“让我一个人静静！”

朱莉娅走到客厅，关掉了灯。

阿尔戈山庄外风雨交加、雷电大作。狂风尽往所有隐蔽处和缝隙里钻，木制的百叶窗被吹得慌乱地抖动。雨点毫不留情地打到房子的墙上。

朱莉娅穿过客厅，走到一张放了电话的圆桌前。她是那样的心烦意乱，以致她想抓起电话话筒时，电话话筒两次都掉到地上，她不得不用两只手一同抓牢它。

“我还能做些什么？这儿没有人帮我！”她一边呜咽着，一边尝试打电话去伦敦的旧居，她的爸爸、妈妈今晚在那儿过夜。

她拨错了电话号码，只好挂断。

她听到内斯特打开了厨房的灯，向客厅这边走过来。“我在打电话给我爸爸妈妈！”朱莉娅大声说，“我现在可以做的，就是打电话给他们！至少他们可以给我一些好建议！”

伦敦的电话号码，号码……

大颗大颗的泪珠因紧张不安，掉到电话的拨号盘上。

终于，她听到接通电话的声音。

朱莉娅张大口，深深地吸一口气使自己镇定下来。她“扑通”一声窝进桌旁的一张特大的扶手椅子里去，一边不安地等待着父母的声音，一边盯着分隔电话间和客厅的走廊。

话筒里传来响声，一下，两下；不知什么原因，她竟觉得这缓慢而有节奏的声音，稍微镇定了她绷紧的神经。

内斯特现身于走廊，手里拿着两件他从客厅桌子上取来的东西。他在微笑，尽管那微笑异乎寻常地忧伤。

他举起第一件东西，说：“这是从古埃及扁舟之乡的市集上买回来的袖珍摩尔人头颅。它大概有三千五百年历史了。老摩尔先生第三次乘坐墨提斯号到埃及时，将它带回家来。”

朱莉娅惊讶得下巴都要掉下来了，她用手捂住话筒。

内斯特举起第二件东西，说：“这个夹子内放着《死亡之书》的雕版图，《死亡之书》是宗教圣典，现已失传。它已经有五千年历史了。这是摩尔太太在她第六次乘墨提斯号到达扁舟之乡，经过冗长的商议后才买到的。”他将这两件东西缓缓地放在身边的地上，问朱莉娅说：“现在，你能明白为什么我对这些事保持冷静了吗？”

电话的另一边仍然没有人接听。

朱莉娅吸吸鼻子。

最后，她挂断了电话。

第六章

在阳台上

... Se ci sono tante chiavi,
ci saranno altrettante serrature!?
... Eccone 4!!

瑞克在尤利西斯·摩尔的日记本里读到一组令人迷惑不解的句子，它们有什么含义呢?

正如玛鲁克所建议的，杰森和瑞克爬上楼梯顶，走到阳台上。他们从阳台上俯瞰整个花园，第一次对他们四周的环境有了初步的概念。在保护墙的外面，是一座混乱的城市。河水静静地流过，矮矮的方形房子一排排沿着宽阔的主干河道向两岸延伸开去。

"那一定是尼罗河……" 男孩们看见这幅景象，窃窃私语道。

尼罗河，是一条以河水制成的丝带，与天空有着一样的颜色，但却闪耀着粼光，三角形的船帆点缀在河面上。

两个男孩漫无目的地随意眺望这座城市，灼热的阳光无情地在他们头上照耀下来。

"我们在这儿做什么？" 瑞克问道。

杰森搔搔头回答说："我们在古埃及稍作闲逛，并且发现我们能看懂象形文字。"

"我是指从整体上，更进一步来说，" 瑞克反击道，"为什么我们站在这儿？"

杰森从他们的背包里拿出尤利西斯·摩尔的日记，开始翻起来，作为他唯一的回应。"因为阿尔戈山庄的前业主希望发生这样的事。" 他翻到描述图坦卡蒙的面具那一页，上面以 "法老的珍藏" 作为批注。他把日记递给瑞克，说："看！当墨提斯号停在人工洞室的后面，我手握船舵的时候，心里想着的就是它！"

"那个儿童法老。" 瑞克低声说。

"我不知道他跟这地方有什么关系……我也不知道那个老业主跟法老有何瓜葛，" 杰森说，"但我十分肯定，我很有兴趣在回去之前解开这些谜团。”

瑞克翻到日记的下一页。尤利西斯·摩尔用他细小而起角的字体，写下了一些关于“扁舟之乡”的零碎数据。一幅铅笔素描画，如实地呈现出狮身人面像手持遮阳伞守护着的林荫道。这正是那条他们走到大律法师宅邸的路。

“他曾经来过这儿……”瑞克以平静的口吻说，“你是知道的，是吗？”

“从我们第一脚踏进人工洞室开始，我便一直这样猜想。是的……尤利西斯·摩尔曾和他太太乘墨提斯号来到这里，就像我们所做的一样。”

瑞克点点头，看着日记内的记录。“老摩尔先生写道，这地方是历代法老都十分钟情的地方。他们被这里的美丽风景所吸引，经常来出游视察。唔……啊！听听这个！‘扁舟之乡是非洲一个湮灭之城……从没有考古学家能成功找出它的所在。’”

“他有没有提关于那些巨大围墙的事？”

瑞克翻了几页：“噢，有了……这里说，整个扁舟之乡最伟大的宝藏，就藏在这些墙里面。它是一座迷宫，里面全是楼梯和走廊、深坑和高塔、通向各个方向的隧道和通道……甚至通向地底。”

杰森睁大眼睛盯着这些墙，说：“……为什么他们要在这儿筑一座迷宫？”

瑞克摇摇头，说：“你让我多读一会儿。唔……是这里了……这个花园的某处，是迷宫的入口。那是一座神殿，名为‘生命屋’，是献呈给透特的地方。储藏在这些像瑞士芝士一样多洞而又纵横交错的走廊里的，就是那个‘收藏库’，里面包含了古代世界的所有知识……”瑞克拿近日记，好去看清楚尤利西斯写在页边的旁注，“在亚历山大图书馆建成前一千年。”

杰森因惊讶而吹了一声口哨。

瑞克继续快速地阅读：“一个被觊觎的地点，古代所有旅行者都想到达的地方。在扁舟之乡，所有事物一应俱全。在它的市集、港口和商旅的路线上，人们每一天都能对各式各样的货物进行交易：卷轴、琥珀、香熏、黄金、象牙、石英、侏儒……”瑞克突然停下，“他说侏儒。是什么意思？”

“我想……他的意思是来自森林的小矮人！”杰森回答。

瑞克继续看那日记：“终于找到了，这儿有一些类似是这个城市的地图草稿……或者至少，它看来像是如此。”

“让我看看。”

瑞克指给杰森看那幅绘图，上面画着纵横交错的道路与一些正方形。图里的一些地方被人圈了起来。

在图的背面，字迹更为急速潦草，所记的，是这些令人迷惘的句子：

要找出你的方位，你将需要
好运气和幸运星。
找出藏于塔楼的地图，
在四支旗杆下。

就在此时，他们听到玛鲁克在叫他们。

瑞克急急合上日记。并将它塞进背包里，低声问：“我们现在怎样做？”

“既然已经开始了，我们最好还是服从她的带领。”杰森说，“其他事稍后再慢慢想办法……”

他们三人离开了大律法师宅邸，预备跟玛鲁克的爸爸见面，玛鲁克的爸爸就是住在生命屋的大律法师，也就是说，他住在那些所谓的墙里面。

当他们走过花园时，杰森和瑞克向玛鲁克问了一些关于生命屋、透特和收藏库的问题，但她的回答非常含糊，好像他们所谈的是人所共知的事，以致她感到十分厌烦。

玛鲁克带着两个男孩走到生命屋的主要入口。两个巨大的雕像承托着入口的框缘，雕像的其中一只脚插入了通向里面的楼梯，楼梯上漆有不同的颜色。

穿过入口，他们发觉自己被拥挤的人群围着。杰森差点儿以为自己又回到繁忙时间的伦敦车站。

顾不得惊讶，他们走过一个偌大的房间。房间的两旁是走廊、通道和楼梯的入口，通往上方数不清的楼层。很多条楼梯通过这宽阔的房间，转弯的、旋转的、通向主要入口上方和下方的，以及楼上走廊的。在房间的正中央，一个像奥林匹克标准泳池一样宽阔的垂直窖藏库，向下直通地面，展露出数以百计的楼梯、走廊和通道。他们沿着窖藏库的墙壁忽上忽下地走着，木制的手推车载着蒲草纸卷轴从他们身旁经过，人们一路嚷嚷闹闹地谈话。

他们嗅到一种难以言喻的气味，它随着炎热和尘雾弥漫的空气飘送而来，混和了皮革、浸软的蒲草纸、肉桂和肉豆蔻的气味。

“欢迎进入我们的收藏库……”玛鲁克严肃地宣布道。

“唔，准确地说……你们收集什么……放在这里？”杰森问道，同时避开了从窖藏库拉上来的一个放满卷轴的篮子。

“著作、蒲草纸卷轴、写字碑板……但也有雕像、家具、美术用品、钱币……所有给我们保管和保护的东西。”

杰森看着那些忙碌的人，他们爬上楼梯，直至身影变得像昆虫一样渺小，又或者往下走到地底，直至完全隐没在黑暗里。他禁不住想起蚂蚁窝。

“而你爸爸管理着这里一切事务？”瑞克问，同时感到既困惑又痴迷。

“是的。”玛鲁克自豪地回答，“跟我来！”

女孩带着她的两位新朋友，来到两个高大的男人面前。这两个男人身穿紫色束腰外衣，头上裹着天蓝色头巾，一条又长又白的羽毛插在头巾上作为装饰。他们两个藏身在雕像之间的幽暗角落里，一派悠然地啜着卡卡达茶。他们一看见玛鲁克来到，便试图将茶杯藏起来，与此同时，直挺挺地向她鞠躬行礼。

“可敬的索引员。”玛鲁克问候他们说，却完全没有想过要鞠躬回礼，“我和我的两位朋友想到大律法师的房间去见他。”

两人中个子稍高的那一个，他的脸色就像制作蒲草纸的芦苇那样干枯，他挑起了一条眼眉，清清喉咙郑重地说：“对不起，我亲爱的小女孩，守则第三十二条：禁止我和我的徒弟达成你刚才所提出的要求。”

另一个男人的身形小一点也胖一点，他也抱歉地摇摇头。

玛鲁克反击说：“守则第三十二条是什么？”

“不要理会小孩。”

玛鲁克双手叉腰：“但我是大律法师的女儿啊！”

那稍高的索引员微微斜视着她，好像要好好地打量她一下似的，然后嘲弄般地装作如梦初醒的样子说：“噢，我想你应该是的。请原谅我。但无论如何，我们仍不能达成你的意愿。”

“这又是为什么？”

“守则第四条：保障安全。他们说法老出访，现在随时都会来这里视察。你没有察觉到今天整幢生命屋都沸沸扬扬吗？我们每一个索引员都非常努力地工作，要将每件事情都整理得当。人们都在投诉，因为他们都想进到里面。但我们收到严厉的禁令。守则第十二条：没有人可以进入生命屋，直至另行颁布命令为止。”

那胖胖的索引员忧愁地摇头。

“事实上，我却看不出你在工作上有什么额外过劳之处……”玛鲁克影射他们的卡卡达茶。

那胖胖的索引员“嘿嘿”一笑，他的师傅严厉地瞪着他，他只好立即噤声。

“无论如何，我和我的朋友都要到我爸爸的房间去。”玛鲁克继续说。

“唉……当然了，大律法师的房间。实际上，我亲爱的小女孩，根据守则……”

“我并不关心你的守则说些什么！”玛鲁克大声喊叫，“我要进入我爸爸的房间。”

那个个子较高的索引员自命不凡地搓搓双手。说：“那当然可以了。但是，十分不幸，你的朋友不能进入生命屋。”

“为什么不能？”

“因为守则第十二条，你没有听到吗？没有人可以进入生命屋，直至另行颁布命令为止。”

“但我在命令你让他们进入！”

“这样……”那个个子较高的索引员嘟嚷着说，“珀皮，你来告诉她。”

“守则第八条，”那矮胖的索引员背诵道，“每一位来宾都必须时刻带着一个通行证。对不，米塞荣纳斯？”

“正是，珀皮。”他的同事以满意的口吻回答说。

玛鲁克被气坏了，她转身对着还没有来得及张开口说话的瑞克和杰森：“他们经常这样……经常！”那女孩很气愤，再次冲入战阵开火，“你说得对。我的朋友没有通行证……如果他们有通行证的话，你们两位就能让他们跟我进去见我爸爸，对吗？”

那两个索引员耳语了一会儿，复习了各类守则和规章，终于给予了一个回复。

“是的，我们确认可以。”米塞荣纳斯宣布说。

“没有守则禁止这样做。”珀皮补充道。

“妙极了！”玛鲁克高声说，“那么，我们可以去哪里取得这两个通行证呢？”

“守则第四十一条：需要通行证的人，只需向索引员申请便成。”珀皮迅速地回答。

米塞荣纳斯冷冷地怒视着他。

“太好了！那么，你一定会仁慈地发两个通行证给我的朋友，好让我们可以进入我爸爸的房间见一见他。”

“你在这幢房子里所见到的大部分东西，”内斯特告诉朱莉娅，“都是尤利西斯·摩尔先生和他太太乘墨提斯号出游带回来的。”

他们两人回到石室，拿起各自的茶杯，盯着那嵌入墙里的黑木门。

“你从来没有跟他们一起去过吗？”

内斯特笑笑，陷入沉思里。他反复地咬着自己的嘴唇，直至想好怎样回答：“不……我认为如果我留在家里打理其他一切事务，会更好些。”

“但他们甚至没有邀请你跟他们一起去吗？”

内斯特笑了起来：“他们当然有。特别是珀涅罗珀，也就是摩尔太太，她常常叫我跟他们一起乘墨提斯号出航，而且不厌其烦地一次又一次尝试说服我。但我……不……我宁愿安稳地留在基穆尔科夫。我喜欢安稳的东西，像树木和石头。告诉你一个真相，摩尔先生也喜欢它们，他常常说：‘只有当你在自己的位置上停留不动。你才会发现有多少人不停地走来走去，但却毫无真正的目的。’”

朱莉娅呷了一口茶，说：“但他却不像是一个停留不动的人……”

“他是一个旅行者，”管理员内斯特打断她的话，“旅行者不动，他们旅行。要去旅行，你得先有一个基地，一个你动身起程的地方。而你常常需要回到那里，去准备你的下一次旅程。所有圆形都有中心点。没有旅程是不需要回归的。或者至少……他会这样说的。当他踏上那最严峻的旅程时，他也曾这样说。你明白我的意思吧？”

“你是说死亡？”朱莉娅说。

“没错，我是指死亡。”

“总的来说，那个老业主是一个怎样的人？”

内斯特皱着眉头思考：“他很精明，才智过人。他爱这幢房子胜于这世上的一切。这幢房子，以及他的妻子。”

“那么，珀涅罗珀又是一个怎样的人？”

“她是一个很可爱的女性。当你有需要的时候她总会帮你一把。她宅心仁厚，充满梦想。”

朱莉娅点点头：“你呢？你在这儿工作多久了？”

内斯特耸耸肩：“啊，谁能记得起？我觉得我已在这里住了一辈子。那是说……在外面……那个宿舍。虽然我在这幢房子内所度过的时间，比待在自己宿舍的时间还多。每一次摩尔先生和太太穿越神秘之门，踏上另一次旅程……你知道，他们可能离开十至十五天，有时甚至一个月。

我会来照顾花园，也会来打理房子。我会看管那些家具、雕像，以及所有曾属于他们，现在属于你父母的东西……我会打扫客厅、藏书室、睡房、阁楼。有些家具是我趁休息时自己做的……唔，其他就等珀尼来决定，珀尼是摩尔太太的别名。”

“你这样说是什么意思？”

“每一趟旅程所带回来的东西，都是由她来决定放在哪儿的。她会说‘那儿，放到那儿去将会很理想！’而摩尔先生会望着我，就像在说‘当她把东西一放到那里去，便不会再移动它。’除非，当然。那就是摩尔太太决定重修房子。如果真是那样，相信我，整座阿尔戈山庄将会翻天覆地好几天。”

“他们一定是一对非常不平凡的夫妇。”

“你打赌他们是？”

“我希望我有机会见见他们。那儿不是有他们的照片或肖像吗？说到这个，我猜你也知道楼梯顶的尤利西斯·摩尔肖像不见了。究竟发生了什么事？你有没有什么头绪？”

内斯特轻轻地揉搓双手：“我想它可能在阁楼的某处。尤利西斯不大关心那幅油画。他曾说，每次当他看到那幅画像时，他就觉得自己像个已经逝世的人。后来，在他太太过世之后……”

“她是怎样死的？”朱莉娅迫不及待地问道。

经过长长的停顿后，内斯特说：“她掉下了悬崖。”

第七章

收藏库

Ulysses Moore deve aver fatto molte ricerche sull'Egitto a giudicare dalla quantità di disegni sul tema che ci sono nel suo quaderno.

Questo ~~[illegible]~~ è il sarcofago di TUTANKHAMON 1325 a.C.

La piantina potrebbe essere di Villa Ara ??

Pepi

de

due

della Casa

e Jason

avevano

bbero

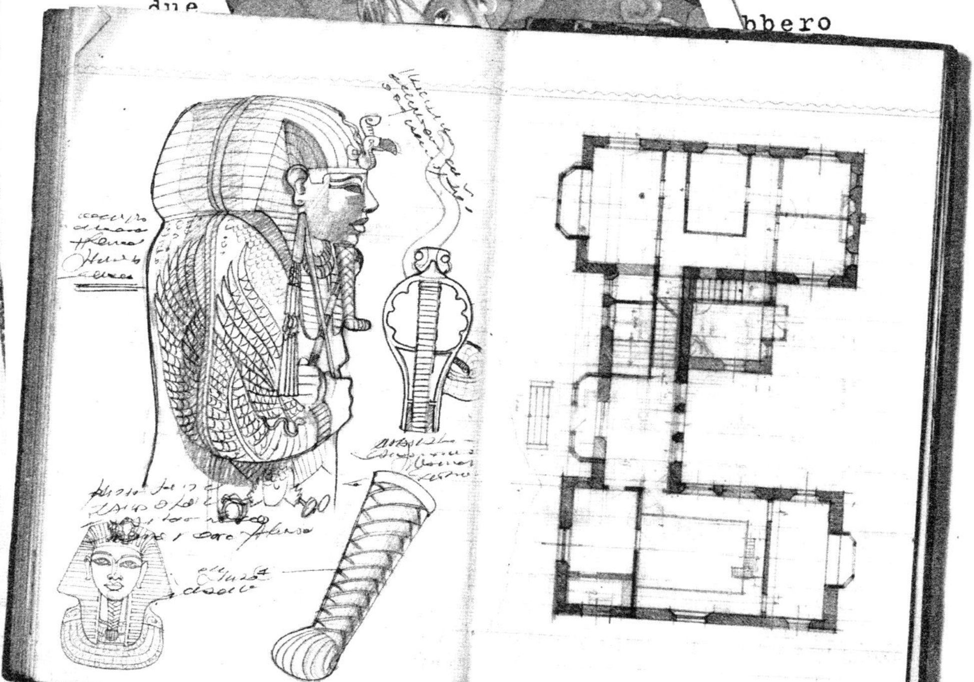

杰森和瑞克居然在大律法师的桌子上，发现了纳芙蒂蒂之眼和墨提斯号的模型，它们与阿尔戈山庄中的模型以及墨提斯号大帆船有什么关联?

生命屋的索引员珀皮和米塞荣纳斯发了两个通行证给瑞克和杰森，那是用黑色石头雕成的两只圣甲虫，可以让他们在收藏库内自由地走动。

办妥这些手续，两位索引员陪同他们走到一条又窄又旧的楼梯，这条楼梯沿着宽阔的入口大厅的里墙向上延伸，通向一条地面倾斜的小走廊。

“珀皮和我知道一条很多人想也想不到的快捷方式。”米塞荣纳斯自豪地说。他头巾上的羽毛轻拂过那低矮的天花板。“就在这边，亲爱的客人。在回去执行我们非常重要的任务前，我们会陪你们多走一小段路。”

整条走廊都沐浴在一个精妙的青铜镜阵所折射出来的柔和光线中。墙壁漆上了赭黄色，有些地方排列着不同大小的分类架，里面放着蒲草纸卷轴、木制的碑板和落满尘埃的神像。

瑞克注意到，每一个分类架上，都标有符号、数字或两者皆有的记号。他暗想，这一定是为那些效力于收藏库的人而设的，帮助他们将数量庞大的收藏品收编入档。

不久，他们进入了一个圆形的空间，其顶部能看见蓝色的天空，那感觉就像从烟囱的底部向上望。

他们走上另一条走廊，也就是离开这充满阳光的房间的唯一路径，几个人一直沉默地走。他们朝另外两条通道的入口走去，这两条通道是通向相反方向的，米塞荣纳斯毫不犹豫地选择了那条在他们右边，比另一条通道陡峭许多的通道。

“准确地说。你在这儿是做什么的？”瑞克走到珀皮旁边，率直地问道，“你是负责保安的吗？”

“守则第十七条：保安是留给警卫的任务。”米塞荣纳斯头也没有回，便替珀皮回答，“我们的工作是记住有什么东西储存在收藏库里面。”他指着走廊两旁的分类架，引导他们的目光。

“这里每一个壁龛中都放了一些东西。只有我们才知道里面放的是什么，以及怎样把那些东西找出来，并且以师徒制的方式将我们的知识传递下去。”

“口传？”瑞克问道。

“没错……”米塞荣纳斯回答说，“将事情书写下来只会削弱埃及人的记忆力。”

瑞克怀疑地搔搔头：“但这里有成千上万的壁龛！你不是想告诉我，你们个个都知道每一个壁龛内放的是什么吧？你的意思是这样吗？”

“哦，不。当然不是。这是不可能的。”米塞荣纳斯回答，“每一个索引员都被委派去管理一幢指定的建筑物和一个指定编号的房间，每一个人只会管理那些托付给他的壁龛。”

“为什么？这地方有多……多大？”

“守则第二条：收藏库分为二十二幢建筑物。每一幢建筑物有二十二个房间。每一个房间有二十二条走廊。而每一条走廊有……”

“二十二个壁龛？”瑞克猜想说。

“基于什么原因你认为应该有二十二个壁龛？”米塞荣纳斯带着轻蔑的口吻讥笑说，“事实上，每一条走廊有五十二个，或一百零四个，或一百五十六个壁龛。”

“他们没有用过更为简便的算法，例如十个十个的来计算吗？”杰森跟瑞克咕哝着。

“守则第二条只适用于上面的收藏库。自然地……”米塞荣纳斯补充说，“你还需要考虑到全部地下走廊。那儿还有很多很多壁龛……无论如何，我们要在这儿分手了，因为我们必须回到我们那非常严苛的工作岗位上。”索引员总结说：“你们差不多到达了，亲爱的客人。要去到大律法师的房间，你只需顺着那条走廊走，一直走下去，不要拐弯，你便会到达那座金字塔。”

瑞克、杰森和玛鲁克按索引员的指示沿着走廊一直走。

在他们身后，那两个索引员转身离开。但临走前又加了一句警告作为补充：“谨记守则第九条：没有索引员的协助，千万不要碰壁龛内的东西。”

“明白了。”玛鲁克笑着回答说。

“还有……守则第十九条：假若你听到警卫吹响号角，你必须尽你所能赶快离开生命屋。”

“有这么多通道和壁龛，一定很容易迷路。”在他们前往大律法师房间的途中，杰森评论说。

“啊，是的。”玛鲁克肯定地说，“这是索引员的用处：使我们不至迷路。”

“但是，一直以来，有没有人探索过整个收藏库？”

“或许我爸爸尝试过吧，”玛鲁克回答说，她的手沿路一直轻按着大理石墙壁，“但不是所有部分都去过。有些走廊已好久没有人涉足——那些被废置的走廊。”

玛鲁克在空气中打了个手势，像是要挡住霉运似的。

“我想你说的是那个在地底下的走廊……”瑞克猜想说，“那窖藏库似的地方是通向那儿的……”

“啊，不。那是下面的收藏库。被废置的走廊在楼上……”

玛鲁克停下脚步看着她的朋友。她的双眼闪烁着异常的不安，开始述说一个传说：“在不久之前……那些走廊失火，很多人因此葬身火海。一对索引员夫妇，他们连同所有储存在那个区域的东西，在火场中下落不明。从此再也没有人见过他们。”

“真富戏剧性……”杰森困惑地咕哝道。

玛鲁克再次迈开脚步，边走边说：“就像《一对恋人的情歌》所说的……”

“那是什么？”

“那是一首关于一对失散恋人的歌，他们在那些走廊里徘徊了数百年去寻找对方，却从来没有遇上。”

“而我们，在另一方面……”杰森趁机赶快问道，“我们知道自己正在前往哪儿吧，对不？”

“或多或少……”玛鲁克笑说，“我从来没有走过这条路。”

幸好他们证实米塞荣纳斯所提供的方向是正确的。在不过百步之外，走廊通向一个更为广阔的空间。他们发现自己正身处于一座金字塔内，这座金字塔的地基是正方形的，是一座完全符合标准的金字塔。

“我们到了！”当玛鲁克认出这地方的时候，如释重负地叹了口气说，“这是我爸爸的房间。”

这个房间很简洁，但同时也很豪华。巨幅的亚麻布窗帘像船帆一样，从天花板上垂下来，随风翻飞。两个宽阔的出入口，设在两边的墙上。

房间的正中央放了四张桌子，桌上放满了东西，四张桌子的前面，各有一张没有靠背的长条形沙发椅。靠着背墙摆放的，是一排壁龛，款式跟走廊内的差不多，每一个都各自标上了不同的符号。各款卷轴和蒲草纸卷轴，像巨人的线轴，排成一列靠在另一堵墙上。

"爸爸？"玛鲁克在呼唤，并且走进房间。

没有回应。她绕着那四张桌子走了一圈，又呼唤了一次，仍然没有人响应。

杰森和瑞克对围绕他们的宏伟景象心存敬畏，站在入口处等待玛鲁克的指示。

"或者我们应该在她爸爸现身之前溜走，免得他问我们问题……"杰森跟瑞克耳语说。

正当此时，一个女子从另一边入口走进房间。

"玛鲁克！"她惊呼，"你在这里做什么？"

玛鲁克转身向着她的朋友，作个手势请他们走近一点。瑞克和杰森慎重地走过那青金石地板，站在其中一张桌子前。

"你爸爸不在这儿……他迎接法老去了。"那女子对玛鲁克说。

杰森和瑞克望着她，露出了羞怯的微笑。她穿一件白色长袍，姿态既古怪又优雅。她的右手随着她所说的每一个字打出悦目的手势，但是她的左手摇摇晃晃地搁在布袋内。那是一条长方形的白布袋，松松地从她的脖子上挂下来，打成了圈。

玛鲁克悄悄地对她的朋友说："在我曾告诉过你们的那场火灾中，我爸爸助手的一只手臂因此而残疾了。他们说她也失去了记忆，因为她的头部受到撞击……所以，假若你们听到她说什么古怪的话，不用理会便是……"然后她大声问道，"我爸爸什么时候回来？"

"那不是由他自己决定的，要看看法老的日程安排。如果你想的话，可以留在这儿等他回来，你可以见到图坦卡蒙……"那助手回答说。

"图坦卡蒙？"杰森插话说，不由得向她走近了一步，然后又退回瑞克身边。

"我告诉过你什么？我肯定这地方跟他一定有些牵连！"

那女子微笑说:“玛鲁克，他们是……他们是你的朋友吗？”

“他们是访客之家的客人，昨天随船队到达的。”

“随那皇家船队？”

“是……是的……”杰森结结巴巴地说，“对不，瑞克？”

瑞克移到一旁去避开耀目的阳光。从他现在站的位置，他能更清楚地辨认出跟玛鲁克说话的这个人。她是一个中年妇人，有着一张精致的脸，让人感到说不出的可爱。

“对不，瑞克？”杰森重复说。

“是的，当然了……我们跟船队到这里来……”

“多么不凡啊，”那女子高兴地说，“你们是跟哪一艘船来的？”她举起右手指着瑞克身旁的桌子示意。

直到这一刻，瑞克才注意到桌上摆满了的，是数量庞大的模型船收藏，当中包括了二桅小帆船和更为小巧的船。

玛鲁克留意到瑞克的惊叹，她走到他身边说:“你喜欢它们吗，瑞克？它们是我爸爸造的。它们是他热诚的结晶品。”

瑞克无言以对。

他扫视桌上数不尽的模型，脑海中不由得拿它们来跟他数小时前在阿尔戈山庄塔楼房间所见的模型船作比较。

一阵颤抖从上而下爬过了瑞克的脊梁骨，他低声说:“我们乘这艘船到这里来的……”他指着一艘模型船，它就像是阿尔戈山庄的纳芙蒂蒂之眼的完美复制品。

当他这样做时，杰森吓得目瞪口呆。

“啊，那一定是一次愉快的旅程！……”那女子一边欢呼，一边走近他们。她的亚麻布长袍拖拽过青金石地板，发出“嗖嗖”的声音。

“是的……一次愉快的旅程。”瑞克重复她的话，并且突然感到呼吸困难。

他提起了纳芙蒂蒂之眼的模型，杰森因惊讶而喃喃地说："不可能的……不可能的……"

那个女子笑起来："知道你这样喜欢这模型，大律法师一定会很高兴的。"

"大律法师造了这些模型已经很久了吗？"瑞克问道。

"他总是在造模型！"玛鲁克回答说，"当他一有机会坐在那边的桌子前时，他便会拿起他的工具造模型船。他说，当他做这些小东西的时候，他更能专注在大的事情上，对不？"她转身向那女子补充说。

那女子微笑着："你爸爸也说希望可以有多些空闲的时间，那么他便可以造完整个船队了。现在已好几个月……事实上，差不多一年以来，他都没法精确地造完一艘模型船。你们想看看他正在造的那艘模型船吗？"

瑞克点点头。那女子转身走到玛鲁克爸爸的工作桌前。

桌子中间放着一件盖上了布的模型，大律法师的助手用她的右手，小心地拿起了它。

当瑞克看见那艘小船，他突然感觉很沉重，就好像有人把它钉牢在地上一样。

"漂亮不漂亮？"那女子问道。

大律法师桌子上的，是墨提斯号。

"告诉我关于那门的事，"朱莉娅在阿尔戈山庄的石室后面对内斯特说。

内斯特将他的茶杯放在矮茶几上："我说明真相给你知道。我所知道的全都是摩尔先生和太太告诉我的。那堵墙，也就是有着神秘大门的那堵墙，是这幢房子最古旧的一部分。远在罗马人登陆英格兰之前，甚至在凯尔特人之前，甚至在石器时代的人还未直立行走之前便已建成。”

朱莉娅交叉双手，表现出一点怀疑：“那么，是谁建成这堵墙的呢？”

“我不知道，”内斯特坦率地说，“而且，摩尔夫妇他们也不知道。事实上，我认为他们乘墨提斯号出航旅行，其实也是为了去寻找答案。”

“你的意思是这扇门一直都在这儿吗？”

“很有可能是这样……”

“告诉我真相！”

“我并不知道真相究竟如何，”内斯特重复说，“但我知道摩尔先生并不是阿尔戈山庄的第一个住客。总有不同的住处建在这海岬上：城堡、高塔，诸如此类的东西。如果你有兴趣一读的话，你可以在藏书室找到有关的家族记载。但是，当你详细地审阅这些历史时，可能很容易迷失其中。”

“他追溯到多久之前？”

“我只见过那东西几次，是珀涅罗珀把它拿出来抹掉上面灰尘的时候。它的内容很复杂，而且所记的年代也很久远，那时她丈夫的家族姓氏还是简单的 More，只有一个 o，不像现的 Moore。”

“你所说的‘More’，是 less 的反义词吗……”

内斯特摇摇头，说：“实际上，那不是英文……那是一个拉丁文单词，意指风俗、传统和古老的习俗。如果你想知道更多的话，可以从你的字典里找到。”

“瑞克把那本字典带走了，”朱莉娅斩钉截铁地回答，“而我现在要去把它带回来。”

听到这些话，内斯特突然跳了起来，说：“现在已经很晚了。我认为你最好回到楼上去睡一觉。"

朱莉娅凝视着他："什么？我的哥哥和瑞克仍然在埃及，在某处……某处……"

"'扁舟之乡'。"内斯特一边平静地回答，一边打开窗，看看外面是否仍在下雨。

"正是！他们仍在'扁舟之乡'，而你却希望我去睡觉？！不行！我要去帮他们！他们很可能身陷险境！"

"我很了解你的心情，"内斯特点点头，说："但你现在不能去帮他们。"

"为什么不能？"

"只要他们仍在那边，那门便会继续紧紧地关着，不让我们从这边打开。"

"我不相信你！"

内斯特展示黑木门上那些烧焦与砍刮的痕迹说："在旅行者回家之前，我们是没有办法打开这扇门的，除非……除非他们永不能再回来。三个旅行者从这里出发，越过这扇门，在它能够再次被打开前，他们必须先回到这里来。这是这扇大门运作的方式，我们只能等待。"

朱莉娅很震惊："你想说的是，它能够再被打开，唯有……唯有……"

"唯有从另一边打开，是的。"内斯特走回电话间。

第八章

船只雕刻家

孩子们怀疑尤利西斯·摩尔曾将某物藏在收藏库中，他们该如何找到它呢？

尤利西斯·摩尔会把什么秘密藏在这儿？

瑞克和杰森凝视着那些模型船，千头万绪交织在一起。这是无可否认的：在古埃及的一张桌子上放着一艘模型小船，它的样子跟他们在风暴中穿越人工洞室内海的那条船分毫不差。而在阿尔戈山庄塔楼，那曾躺在尤利西斯·摩尔的日记上的，却是纳芙蒂蒂之眼的完美复制品。

在基穆尔科夫有一艘来自古埃及的模型船。而在古埃及，却有一艘……一艘，准确来说，是一艘什么？无论如何，墨提斯号究竟是什么，又有多少人知道它？

“那真的是……真的是一艘奇异的船……”当助手再次用布将模型船盖上时，瑞克结结巴巴地说，“我从没见过这样的船。”

“是的……”那女子回答说，“我相信那是大律法师跟随某种幻想而造出来的船。这肯定是他花了这么久时间的原因……”

“事实上，我爸爸是模仿一幅画来造这艘船的。”玛鲁克清脆悦耳的声音插了进来。

瑞克和杰森惊愕地盯着她说：“一幅画？你肯定？我们可以看看吗？”

那助手表现出很有兴趣的样子，盯着他们说：“你的朋友很有好奇心呢！”说着便走到背墙的其中一个架子前。

找了一会儿后，她拉出了一张长长的蒲草纸：“玛鲁克说的就是这幅画了。”她展开了纸卷。

蒲草纸内藏着一张画了墨提斯号的图纸。那绝对是一张十分普通的纸，但却是一张现代笔记簿的纸张，它看来像是从尤利西斯·摩尔日记簿上撕下来的。

当杰森认出这张纸时，他难以掩饰心中的兴奋。“但画这幅画的是尤……！”他高呼道，瑞克设法用手掩住他的口。

“你知道是谁画的这幅画？”那女子问他们。

“噢，不，不……”瑞克赶紧回答，“我的朋友想说的是，这幅画画得真是尤……尤其独特！真的优美独特！”

玛鲁克微笑说：“我也是这么想。它真漂亮，不是吗？”

“见鬼了，这张纸是怎样吹到这里来的？”当玛鲁克和那助手转身将纸放回原来的位置时，杰森对瑞克耳语说。

“我不知道，也不想知道。”瑞克冲口而出，并且向后退了几步，“或许我们现在应该离开这里，去找你的妹妹，在还没有……”

“等一等……”杰森用话制止了瑞克。他假装查看房间对面的数张蒲草纸，然后补充说，“玛鲁克告诉我们，生命屋的功能是储存和保护……你不认为……那个老业主……”杰森微笑，他的朋友便知道他在想什么了。

“你的意思是……”瑞克开始说：“尤利西斯·摩尔很可能到这里来……藏起一些东西？”

“试想想：他很可能来过这儿，正是这房间，而且跟大律法师倾谈过：他很可能带走了纳芙蒂蒂之眼的模型，而留下墨提斯号的绘图作为交换。这能解释许多事情，你不认为是这样吗？例如，为什么我们会在这里？”

“你的意思是什么？”

“我的意思是……他很可能派我们来这儿……取回他藏于收藏库某处的东西。”

瑞克点点头。“这非常可能。这真的非常可能……如果阿尔戈山庄的老业主还活着的话。”

“那只是你的想法罢了！”杰森回想他听到的从塔楼房间传来的声音，便反驳瑞克。

“你们两个在说什么悄悄话？”玛鲁克问道，她走近他们，他们的谈话也终止了。

“我们只是对一些事情感到疑惑。”瑞克向她笑笑，回答说，“你之前曾告诉我们，有数不尽的东西，从全世界四面八方被带到生命屋来……”

“正是。”

“是不是所有人都能将东西放到这里储存呢？”

“当然。他们需要做的，只是将东西交给一个索引员，留下姓名，付一些德本［德本（eben）：古埃及的货币单位之一，1 德本铜相当于现代的 91 克铜］，价钱根据他们想储存的东西和年期而定。”玛鲁克解释说，并且将肩头的辫子整理好。

瑞克继续说：“那即是说……如果我们知道某一个人的名字，你认为我们有没有可能查出这个人在收藏库内是否存放过东西呢？”

“我们要问索引员吗？”杰森问道。

“啊，那倒不必……”大律法师的助手一直听着他们说话，此时她插话说，“所有名字都写在蒲草纸上，归入档案放在这些架子上。”

杰森和瑞克走近那些架子，木嵌板上标示了象形文字符号。当他们阅读这些文字符号时，从他们的眼睛看来，这些文字符号便转化为他们常用的英文字母。

他们在代表 M 字的符号前停下。

“摩尔……我想他的记录很可能列在这里……”杰森以平静的语气说。

“你需要我来帮你找吗？”那助手提议说。

“实际上，不……我的意思是，这并不是什么大不了的事情，而我们又不想浪费你的时间……”杰森回答说。他脑海中响起了警报，又继续说，“如果你许可的话，我们想自己找找看，之后我们会将一切东西放回原位。”

“这当然没问题啦，就让玛鲁克帮你们吧。”那助手说着，露出春风般的微笑，静静地走开了。

在架内是被厚厚的布料包裹着的无数蒲草纸卷轴。每一卷都包含着一张名单，就像现代的电话簿。要阅读整个纸卷，他们要拿着纸卷的一端，然后慢慢地滚开纸卷，直到整张纸摊平在地上。每一条目都以细小而严谨的字迹书写，内容包括一个人名，以及一段简短的描述，记下某人储存在收藏库的东西，还有就是他们为此所付的金额，和一句短短的提示语。

据玛鲁克说，这句提示语显示那物品被存放于哪一格壁龛。

“难道他们不能写一些类似‘壁龛编号 16450’，而不是‘傻瓜为了带两只杯子去敬酒而找遍天下’？”瑞克呻吟着。

但他随即明白了，那些提示语是用来帮助索引员记忆关于分类架的数据的。记住一个小故事，比记住一串长长的号码容易得多。

在头三卷卷轴里，他们找不到任何关于尤利西斯·摩尔的资料。杰森和瑞克开始怀疑自己是否猜错了。

正当他们想要放弃的时候，瑞克的目光落在第四卷蒲草纸卷轴中央的黑色斑点上。

“找到了！”他兴奋得难以自控地高声喊叫。

他认为他的手指所指之处，是他侦察出来的以象形文字写成的阿尔戈山庄前业主的名字。但一会儿之后，他全身打了一个冷战。有人曾尝试删去这一整个条目。一条长长的黑墨水涂写线，盖过了姓名的一部分，其后的数据全都难以辨认。

“不可能这样的……”杰森低声说，他小心翼翼地拿起蒲草纸，透过光线来检视，“你再也不能读出任何的字了……除了……是的……尤利西斯·摩尔和这两个字：地……地图！地图！你也能读到吗，瑞克？它说‘地图’！”

瑞克抓抓下巴，正在思考。它可能是……或者杰森是对的。有一件事是十分肯定的，那就是想将这项条目从蒲草纸上删去的人，他只有很少时间来做这件事。这是肯定的，因为他们草率地画下一条十分潦草的线，甚至没有设法完全遮掩所有象形文字。

尤利西斯·摩尔：地图。

残留下来、清晰可见的，就是这几个字。

但这足以让他们明白，在收藏库内确实有一些重要的东西等着他们去寻找。

他们将蒲草纸卷轴放回原处，并跟大律法师的助手道别。玛鲁克出了大律法师的房间，走在前头，带大家离开生命屋。杰森和瑞克跟在后面。

他们走到一个有着黑色地板，天花板垂得低低的房间，有三条不同的走廊通往房间外面，玛鲁克选择了一条被一个雕像守护着的走廊。这个雕像的头顶被类似星空的东西装饰着。

“这样看来，你是真的不知道这些雕像和走廊是怎样编排的了？”瑞克问玛鲁克，“我的意思是，你选择走这条走廊，而不是其他走廊，总会有个原因吧？”

“因为这是正确的路。”玛鲁克回答说，“这是星宿走廊。苦苦思索也是徒劳无功的，瑞克。这些走廊的排列方式，是索引员小心守护的其中一个秘密……”

“……有谁会用古怪的标语去记住他们所想要找的东西？”瑞克坚持说，“就如……‘在国王之后，跟着星星走’……或者‘壁龛在星星之下’！”他望着两个守护着通往另一个房间出口的雕像补充说，“又或者‘沿着大祭司走廊走，然后转到塔楼里面去’……”

“你说‘塔楼’？”杰森插话说。

瑞克端详一下那个被他形容为塔楼的雕像：“是啊，塔楼！你会怎样称呼它？灯塔？一座高高窄窄的建筑？”

“塔楼，塔楼……”杰森反复说着，并且翻寻瑞克仍然扛在肩头的背包，“不要动。”

他翻开尤利西斯·摩尔的日记，朗读出写在扁舟之乡的城市草图页边、尤利西斯所记下的笔记。

要找出你的方位，你将需要
好运气和幸运星。
找出藏于塔楼的地图，
在四支旗杆下。

“这会不会是索引员的提示语呢？”

玛鲁克好奇地盯着那本日记：“那是什么？你在哪儿找到它的？”

杰森和瑞克全神贯注地讨论着，根本听不到她的提问。

“或许在将地图储存于收藏库之后，那个老业主……”瑞克开始猜想。

“……回到阿尔戈山庄，然后……”

“……将大律法师的提示语抄到他的日记里，那样他便不会记不起来了。”

“又或者因为他怀疑有人会以下流的手段去对付他……”

“是的，也有可能是这样。”

他们向一脸怀疑又兴奋的玛鲁克求助。

“你们两个在说什么？”

“你能带我们回去见珀皮和米塞荣纳斯吗？”杰森请求她说，“我们想知道这句提示语是不是真的能够指引我们找到一个壁龛。”

玛鲁克皱起眉头说：“当然能，但我认为今天之内应该无法做到了。你们没有注意到所发生的混乱吗？”

“说的也是……法老……”杰森摇摇头，然后四处张望，猜测说，“但如果……‘找出藏于塔楼的地图’的意思是我们就在这条走廊上找找看呢？”

“我并不认为是这样，杰森……”瑞克叹息说，“我认为这样说实在是过于巧合了。”

瑞克所说的，杰森连一个字也没有听进去，他早已转身走到那条塔楼走廊，向后叫道：“我只去一会儿，你们在这里等我！”

“你会忘记怎样往回走的！”瑞克叫道，紧随杰森跑过去，“我才不会让你像你妹妹一样消失！”

“什么妹妹？”玛鲁克问道，跟在他们身边疾走。

在塔楼走廊里，瑞克和杰森小心地检查和计算每一个壁龛上所标示的符号。走廊的两旁各有两行壁龛：在其中一边，下面那行壁龛被标上了一个像是酒杯或茶杯的东西，而上面那行则是剑。另一边的壁龛则标上了钱币和旗杆。

“旗杆！”瑞克脱口大叫，“我们要去找四支旗杆！”

这并不困难。他们所需要做的，只是沿路向前走，直至他们在右手边找到第四个壁龛。

“该死的！”杰森给气炸了，四下张望。甚至不用屈身都能知道，那个四支旗杆的壁龛根本就空空如也，空无一物。“是的，不会这么容易的。”

瑞克继续沿走廊向前走远了一点，大声报数：“五支旗杆、六、七、八、九、十支旗杆……噢，不！”他的话音突然终止了。

“有什么不妥？”杰森大声呼唤。

“我以为我会找到第十一支旗杆……但是，取而代之的，是一个靠着旗杆的小男孩。”

“然后呢？”

瑞克再向前走远一点，身影在走廊的转角处消失了。

玛鲁克兴趣盎然地跟着他们走。“除了索引员，没有人会明白的。就像我告诉你的，这是一个秘密！”

“这里有一个妇人拿着旗杆！”瑞克大声说，“然后是一个长着胡子的男人！接着便是走廊的尽头。”

“回到这里来！”杰森叫道。

瑞克从走廊的尽头跑回来，他那装着所有物品的背包随着他的跑动，在他的肩头上一弹一跳。“这就是每条走廊有五十二个壁龛的原因！”他气喘吁吁地快步走到他们身旁。

“我不明白……”

瑞克边指着壁龛，边平复自己的呼吸，说：“你知道一副纸牌是怎样的吧？它由一至十……然后是（Jack）杰克、（Queen）皇后和（King）国王。就正如这里的情况！从一到十是旗杆，然后是一个小男孩、一个女人和一个长胡子的男人。其他壁龛上的符号也有小男孩、女人和男人。我已检查过了。”

听到这讲解，杰森重新审视壁笼上的符号。

“茶杯代表红心……宝剑代表黑桃……旗杆代表梅花……唔，钱币代表方片。”

“那是你的举一反三！”瑞克笑着说。

“那么，这可就是你那天大的秘密编码了？一副纸牌？”杰森问玛鲁克道。

“我不明白你们说的是什么，连一个字也听不明白……”她回答道。

“你是说你从来没有玩过纸牌游戏吗？”

那女孩摇摇头，说：“我连你们说的是什么都不知道。”

“那么，你平日玩些什么游戏？”

“我们玩棋盘游戏或掷骰子游戏。”

瑞克和杰森交换了一个无能为力的眼神，三人一起回到他们刚才转入这条走廊的房间。

“现在一切都变得合理了，杰森，”瑞克以平静的声音说，“玛鲁克从没有玩过纸牌，或者是因为还没有发明出来。唔……壁龛被人以一副纸牌的结构来冠上编号，尽管他们还不知道纸牌是什么。我会说，这是一个简单的小谜语。”他停下了脚步，好站在塔楼走廊的入口前，仰望那守护着入口的雕像，疑惑地搔搔头。

“但问题仍未解决。即使我们发现了壁龛的编排像纸牌的编排一样……那么，这雕像又怎么才能跟这一切严密地配合起来？”

“我们走吧，你们认为怎样？”开始不耐烦的玛鲁克提议道。就在此刻，一阵突如其来的号角声响起，打破了寂静。“快！”玛鲁克一听到号角声，马上扯着他们的衣袖大喊。

“发生什么事了？”

“守则第十九条：紧急事件！当号角声响起，所有人必须立即离开收藏库！”

离三个孩子不远处，在生命屋的入口，有两个人正在激烈地争论着。

“非常正确，它可能是一张地图，但是……”珀皮微笑说，心底希望他的师傅能来解救他。然而，在收藏库主要入口那混乱拥挤的人群中，米塞荣纳斯看来像是消失了踪迹。

“而它就在这里，对不对？”站在珀皮跟前的女士，以十分不耐烦的语气坚持说，并且卷起她那有美洲豹斑纹的上衣袖口。

“哦，当……当然啦……”他结结巴巴地说，显然十分局促不安，“唯一的问题是……因为守则第四条……”

奥利维亚・牛顿没有给他继续说下去的机会，她用那涂满紫色指甲油的手，将珀皮的手掌钉到了桌子的角上：“什么问题？”

珀皮睁大了双眼，他尝试将手抽回，却毫无用处。他的手指被牢牢地扣在那陌生女子的手掌中。

“唔……事实上，在这一刻是不可能进……进……进……”

“进去？”那女子为他补充未能讲完的句子。

“是，唔，正确地说……我们在等法老到来，而……我们……我们……我们接到命令，要延缓所有咨……咨……咨询工作，直至神圣的管治者参观完我们的收……收……收藏库为止。”

施加在他手指上的压力增加了。“你看来并不明白。”奥利维亚以严厉而低沉的声音说。

“你欺负我是个小男孩……”珀皮困窘地呜咽着说。

那女子突然松开了手，挺直站好。她拿掉那条皮裘围巾，将它抛到两人之间的桌子上。

“你是在告诉我，我到这里来的整个旅程，只是为了白走一趟吗?我千里迢迢到这里来，只是为了听你告诉我今天不能进去吗? 不要引我发笑了！”

珀皮将他的手从围巾旁挪开，那女子却将围巾塞到珀皮手里。

“我……不……不要……谢谢，”珀皮结结巴巴地说，“我明白，我也向你保证。我会尽我所能地协助你……而这无疑是极好的皮裘……但是……”

奥利维亚·牛顿的眼睛变得极有吸引力。“我要进去。我要找到那张地图！我——要——找——到——那——张——地——图。”

珀皮看来已濒临让步的边缘。“我……我……我没有权力批准。我只是一个学徒，而且……这里很快就会执行……守则第十九条。信我吧……我们必须确保所有在收藏库内的人都离开建筑物……而我们……我们不能容许任何人在这个时候再进入。”

“直到什么时候? ”

“直到法老参观完毕。”

“我只需进去看一眼。只是很快很快地瞥一眼。”那女子将身体前倾。她拔起了珀皮头巾上的孔雀羽毛，抚平了它，又插回他的头上，“除此之外，我知道怎样报答那些对我有恩的人，以很多不同的方式作出报答……”她以甜腻腻的语气在珀皮的耳边说，“而且，非常慷慨……”

珀皮僵住了，但正当他终于想要屈服时，一阵号角声在房间内回荡开。

就像中了魔法一样，那孔雀羽毛断作两截。珀皮挣脱了那女子的掌握，摇摇晃晃地向后退，就在这一刻，他看到米塞荣纳斯分开入口附近的人，向他走过来。“我很抱歉，但你不能进去！”他气喘吁吁地说，“这是不被允许的！”

因为尴尬，珀皮脸上泛起红晕，拔腿快步跑到他的师傅身边。

奥利维亚·牛顿拿着半截孔雀羽毛站在那儿，她将羽毛丢到地上。另一阵号角声响起，她看到所有在生命屋内的访客都被引导离开室内。

“一定有办法的……”她狠狠地说道，抿紧双唇直至它们发白。她低头看着自己的脚尖，脚指甲在华贵的美洲豹斑纹亮漆皮革的映衬下，狂怒不已却又不知如何是好。她不能等，她更没有轻易放弃的打算。

就在这时，她注意到一个在她几步之外，向后靠着一根柱子的年轻男人在向她咧嘴而笑，他看来像是在嘲笑她。

“你想干什么？”她劈头便问。

那年轻男人面不改色，他的双眼闪烁着光芒。那是一种狡猾和完全肆无忌惮的人所特有的典型神情。他像是经过精心算计一样，慢慢从柱子后拔身而起，无视围绕着他的嘈杂人群，走到奥利维亚面前。

“我听说你在找一件放在收藏库内的东西……”他说。

“可能是吧。”

“我还听说你在找的是一张地图。”

“也可能是你听错了呢？”

“我认识城外的一间商店，他们有很多地图出售……”

牛顿小姐以轻蔑的姿态取回她的皮裘围巾。“谢了，俊男，多谢你试图向我推销，但我不认为你说的店里会有我在找的地图。它只有一张……”她指着生命屋的走廊说，“而它就在那儿，十分遗憾。”

那年轻男人让她擦身而过，用鼻子吸了吸她那浓烈的香水气味。然后，他补充说：“如果是这样的话，我知道一个进入那里以及寻找那东西的方法。假如你知道那东西藏在哪儿的话。”

奥利维亚上下打量眼前这个年轻男人。

号角声又再一次在空中响起，重复那清场的命令。突然间，在那偌大的中央窖藏库的附近，有东西噼啪作响地爆炸了。那里传来了呼叫声、嘈杂声，以及又一次的号角声。几名警卫跑来查看发生了什么事。

这是潜入收藏库的最好时机。

“你现在能立即带我进去吗？”她问那年轻男人。

他的笑容更为开心了：“你能立即付款吗……慷慨一些？”

第九章

直觉

Guardate un po' cosa ho Trovato!!!
Vocabolario dei Linguaggi Dimenticati

那三个孩子开始奔跑。他们到达一条楼梯前，那楼梯呈螺旋形地转落在一条被完全荒废的巨大走廊上。一到那儿，他们立即走进一条黑漆漆的通道，然后跑到一个大房间里，房间的天花板上装饰着许多星星，透过窗户能俯瞰外面的花园。

号角声又再一次响起，记不清是第三次还是第四次了，这令他们跑得更快了。

接着，完全出乎意料，瑞克突然停住了。

“来啊！我们要离开这儿！”玛鲁克呼唤他，“法老正往这里来呢！”

“等一下……”瑞克一边请求，一边四下张望。他并不觉得疲倦。事实上，这场奔跑鼓舞了他。正如他爸爸常常说的：“当你不知怎样做的时候，奔跑吧。这是将氧气带到脑部的最佳方法。”

对瑞克来说，奔跑并不代表逃跑：它代表不浪费时间，它代表透彻地思考。

在那有星星天花板的房间里，他将背包放到地上，抽出那本《失传语言大字典》。

杰森跑回他身边，气喘吁吁地问：“你在做什么？”

“我在找东西。你照顾她就可以了。”

杰森点点头，张开双臂不让玛鲁克看到那本书。

“玛鲁克，听着！你能保守秘密吗？”杰森为了引开她的注意力，问她说，“这就是交易：我们并不是跟皇家船队来这儿的。”

瑞克环视四周，确保没有人监视他们。然后，他翻开了字典，开始想：“我在找什么？”他的目光投到两个在他身边的雕像上。其中一个，所雕刻的是一个从树上倒吊下来的男人；另一个所雕刻的是一个死人。他浏览字典后面的索引寻找线索。他往“古埃及的语言”的标题看下去……

其间，杰森继续分散着玛鲁克的注意力，他说：“我们对你说，我们是跟船队来这里的，因为我们若不这样说，你便不会相信我们。但是实际上……”他向后瞟了一眼，看看瑞克还需要多少时间，然后继续说下去，“我们是乘另一艘船到这里来的。而我们也不确定为什么我们会到这里来。但是你可以帮助我们。我只是请你信任我们……再多一会儿……求求你……”

玛鲁克咬着嘴唇，尝试去看杰森肩后的情况。

“瑞克在做什么？他大腿上放着的是什么东西？”

“《失传语言大字典》……”瑞克机械式地说，并且继续翻看书页。

“你不会介意向我解释一下吧……”玛鲁克开始抗议。

“瑞克正在尝试找出收藏库的编码制度是如何运作的，”杰森微笑着告诉她说，“因为这样我们才能找到……那张地图。藏在四支旗杆下的地图。”

玛鲁克使劲地摇头说：“但你不能现在去找！我们得离开这里！”

“如果我们现在离开……”瑞克一边说，一边翻动书页，“我们可能永远都没有机会再回来这里。”

“为什么不能回来？为什么我们不能明天再回来？”

杰森摇摇头：“我们不能留在这里太久，我们要回去找朱莉娅。”

“朱莉娅？”

“她是我的妹妹。她……她被落在后面。但是，在我们回去找她之前，我们有些事情要在这里办妥。”

“什么事情？”

“我不十分肯定，但那是很重要的。”

“但是，是谁派你们来的？”

“我们真的不知道。我们有的，只是一个线索——一个在你爸爸房间内发现的小线索。我们在卷轴里找到一个名字，你知道吧？他是……他是我们的一个朋友。而且，一定有人想阻止我们去帮助他……”

“谁？”

“我们不知道。”杰森回答。

“那么，有没有什么是你们知道的？”玛鲁克脱口而出。

杰森摇摇头，开始大笑起来：“告诉你真相吧，没有，玛鲁克。但你要相信我。只要想想，只是几个小时前，我们……”

生命屋的四壁被另一阵奏鸣的号角声所震撼。

玛鲁克拉住杰森的手，将他扯到身边来。

“我不知道几小时前你在哪儿，但如果现在我们不赶快离开，不用多久，我们便会大祸临头。漠视皇家护卫队的命令，是被严格禁止的行为。”

“我找到了！”瑞克大声呼喊说。

“什么？”

“我找到了。”

在克利奥帕查·比格斯的客厅中，曼弗雷德打了一个呵欠。他向空中抛出另一本刺绣杂志，赖在扶手椅子里。

比格斯小姐躺在沙发上，她张大了嘴巴，一脸安详，仍然熟睡未醒。她的小猫小心地在曼弗雷德附近游走，就像狮子瞪着驯兽师一样。

曼弗雷德用手赶开它们：“走开，畜生！”

他起身走进厨房。他在冰箱里只找到蔬菜和巧克力威化曲奇饼。他大口大口地嚼下曲奇饼，将剩下的包装袋丢给小猫。

他在一个锡罐子里找到一些存放了很久的什锦糖果。在另一个锡罐子里，则找到一些像石头般硬的牛油曲奇饼。

曼弗雷德百无聊赖地扫视了一眼四周：一套绘花的瓷器、几只绘花的碟子、两块印花的窗帘布，而在窗帘布上方的中央，则绣了一朵大大的花椰菜作为装饰。

找不到任何有趣的东西，曼弗雷德又去浏览客厅的饰物柜：一些小摆设、一个小小的天使雕像、四期《读者文摘》、一本还未拆封的书，还有一个锡制广口瓶，曼弗雷德好奇地把手伸进去，然而这瓶子里放满了针！

当曼弗雷德的指头被针锋扎痛的时候，在他看来，那些猫看上去像是在讥笑他。

“啐！快走开，你们这些畜生！”他大叫。

他吸吮着那被扎痛的指尖，看了看时间。

车子停泊在前门的几米之外。他的雨衣晾在电暖炉上，基本上已经烘干了。

他穿上雨衣，开门走了出去。当他将车子掉头时，比格斯小姐的猫全都趴在门廊里目不转睛地盯着他。

“我讨厌猫……”他咬牙切齿地说。

第十章

谜语被解开

EGYPTE
ULYSSES MOORE
LA ARGO
ORE COVE 74820
SALTON CLIFF
WALL (UK)
Covenant
SON-DIEV
ARCANO agg. s.m.
1 Occulto, misterioso
2 Segreto, mistero: ecco chi può svelare l'arcano
3 Ciascuna delle carte dei Tarocchi
dal latino arcanus (ciò che è contenuto in un'arca)

孩子们现在已经知道地图位于塔楼走廊，但是他们该从哪个房间出发？他们会从四支旗杆的壁龛里找到什么东西呢？

杰森纵身一跃跳到瑞克身旁，跪在他的旁边。《失传语言大字典》的书页上，是一个图表，绘图被冠以 0 到 21 的编号。

“塔罗牌的大秘仪……”瑞克低声说，“为什么我之前没有想到呢？”

那字典解释说，塔罗牌是世界上最古老的纸牌游戏，现代所有纸牌游戏皆源自塔罗牌。有些人相信，塔罗牌所描述的，是埃及神祇透特用来教晓人类学会书写、算术、音乐和游戏的知识碑板。为此，一副纸牌的各个组成部分被称为“秘仪”，或者秘密、神秘、难题之类。

瑞克读着，很渴望知道更多。“‘一副塔罗牌被分为五十二张小秘仪和二十二张大秘仪。五十二张小秘仪又分成四套：圣杯、金币、宝剑和旗杆……’就正如走廊里壁龛上的那些符号。”

“‘其时，大秘仪……’”杰森继续大声读道，“‘有二十二张牌，描写含义不明的画像。大秘仪第二十一张牌是世界，第十二张牌是吊人，第十三张牌是死亡！’”

那吊人和死亡，就是那满是星星的房间里的雕像，它们怪异地盯着参观者。

“这一定是人们说十三不祥的原因了……”瑞克笑笑，站了起来，“试试再读尤利西斯的提示语。”

杰森翻开那本日记，缓缓地重读那句话。

“那么……”瑞克说着，一边查看字典里的图表，一边用心地思索，“我们现在要……”

“我们现在要走，要离开这里！”玛鲁克发着牢骚，转身去窥探那条被荒废的走廊。

瑞克没有理会她，反而尝试着集中精力思考。

“米塞荣纳斯说，收藏库分为二十二个区域，每区有二十二个房间，而每个房间有二十二条走廊。二十二……与大秘仪牌的数量一样。”

“朋友！我真的不懂你们在说什么，但是……”

杰森又读了一次那段日记，然后大叫说：“等一等，玛鲁克！如果我们要去找四支旗杆的地图，四枝旗杆一定是壁龛的编号。我们知道地图藏在塔楼里……”

“‘塔楼：大秘仪第十六张牌’，”瑞克读出，“那提示语说，如要找到它，我们需要好运气和幸运星……”

瑞克合上了字典：“命运是第十张牌，星星是第十七张牌。现在一切都很清楚了！我们之前走进塔楼走廊，那个房间是不对的！”他走近杰森和玛鲁克，仔细检查他刚才所发现的一切，“地图位于塔楼走廊，但是要从星星房间出发，在命运区……四支旗杆的壁龛里。很容易，对不？”

玛鲁克向他打了一个呵欠。

杰森爆出一阵笑声：“不用苦恼，瑞克经常都是这样的。重要的是，他找出了所有的答案。”

而瑞克看来好像真的明白了一切。实际上，他环顾四周作以下总结：“那么，我们现在要做的，就是要找出我们身在哪里。玛鲁克，你知道吗？”

玛鲁克结结巴巴地回答，然后又再大声地重复了一次：“我们一定就是在那儿，就在命运区里。”

“好极了！”杰森大声欢呼，“那么，我们真是有点好运气啊！现在我们往哪里走？”

瑞克走向那由死亡雕像所守护的走廊。死亡，是大秘仪第十三张牌。

他抬头仰望房间的天花板，天花板上画满了金色的星星。

“如果这就是星星房间，那么，我们现在便真的很接近了。我们刚刚已找到塔楼走廊，这么说，我们要去……”

杰森不安地四下张望。

玛鲁克摇摇头。

“……在那边，我想。”瑞克猜说。

听到这些话，那埃及女孩重重地往地上跺了一脚：“不！我们现在应该往相反的方向走，向出口走！而且，必须在警卫现身之前……”

瑞克和杰森用乞求的眼神看着她。

“求求你。”其中一个说。

“现在是最关键的时刻。”另一个补充说。

玛鲁克尽量控制自己的情绪，说：“到目前为止，你们对我所说的，只是一堆谎话。现在我为什么要听你们的？”

“因为，你想想我们之间的一切。你认为我们……友好吗？”杰森向玛鲁克投以一个恳求的笑容。

玛鲁克叹了一口气：“好吧，我跟你们一起去……但只会维持到我们再一次听到号角的召唤。明白吗？”

他们开始奔跑。他们的凉鞋踏到地面上所发出的“咔哒”声，混合了他们三人喘气的节奏，在空洞的天花板下回荡。在瑞克的指示下，他们到达一条有一个貌似天使雕像守护的走廊，另有一个长有巨大翅膀的恶魔雕像，最後是一个塔形的雕像。他们贸然走了进去，由杰森带头，开始大声地报着壁龛的数目：“一支旗杆、两支旗杆、三支旗杆，……四支旗杆！这儿！就在这儿！”

他们停在两个大壁龛前，下面那个壁龛上画有四个钱币，里面塞满了蒲草纸和卷轴。那个画上了四支旗杆的壁龛在上面，看来里面只有巨型蜘蛛网。

瑞克从背包里抽出他们的最后一截残烛。当他划下火柴点亮蜡烛，将它递给杰森时，玛鲁克惊讶地注视着他的举动。“你看看！”瑞克对杰森说，然后他紧扣着双手，一把将杰森推上去，让他可以清楚看到上面的壁龛里面藏的东西。

“小心！”当杰森前倾身体钻进壁龛，拿蜡烛在身前照明的时候，玛鲁克低呼。

“赶快……”瑞克尽力托住杰森，咕哝着说，“我不知道还可以支撑多久。”

“我看……不见……什么……”杰森盯着壁龛说。

那壁龛看来已荒废多年，里面空空如也。正当杰森打算叫瑞克将他放下来时，他瞥见一小片蒲草纸。它被人推到最后面的角落里去了，杰森伸长手，一把抓起那片纸：“找到啦！”

正当这时，玛鲁克抓住瑞克的肩头，机警地低声说：“他们发现我们了！我们快走吧！”

瑞克失去了平衡，杰森立刻跌了下来，但他手中仍抓着那片蒲草纸。玛鲁克跑下了走廊。杰森和瑞克甚至没有时间站起来，他们已听到逐渐靠近的脚步声了。

“快！躲到这里去！”瑞克指着那四个钱币的壁龛低声说。

他带着背包闪进了壁龛，躲在蒲草纸卷轴后。

脚步声迅速地逼近，杰森也学瑞克的样子藏身到卷轴后。

“还需要走多久？”当奥利维亚·牛顿跟着那个年轻男人又进入另

一条走廊时，她暴躁地质问。那些走廊看起来都是一个样子。

“你真的很没耐性，女士。而且还很吵闹……”他轻蔑地说，“如果你想找到那张地图，你一定要有信心，并且闭上你的嘴巴。”

“难道从来没有人教你礼貌吗？”奥利维亚愤怒地叫嚷。

那年轻男人停在星星房间的正中央。

在他们头顶的天花板上，星罗棋布地点缀着星星。

“请注意听我说：如果曾有人教我礼貌的话，我便不会在这里，协助你鬼鬼祟祟地穿房过户偷地图了。你说呢？”

奥利维亚瞪着他，不确定是否应该作出回应。

从他们开始交谈起，到一起走进收藏库，以及她努力地用那双高跟凉鞋同那些走廊搏斗，在斜斜的走廊里走上走下，这个年轻男人除了粗暴地跟她谈判以外，完全没有做过什么。

“听着，小子！我付钱给你不是叫你这样待我的。”

“而我同意带你到这里来，也不是为了自投罗网的。如果你不保持安静的话，他们就会找到我们。还有，我向你保证：待在潮湿的监牢里等待发臭，以及被老鼠吃掉，并不好玩。”

当想到老鼠时，奥利维亚不禁怔住了。

“我并不打算被关进监牢……”

“这样看来，我们还是能互相理解的，”他回答说，“不要出声，跟我走。我们快到了。”

他们走进了塔楼走廊，到了那个标示着四枝旗杆的壁龛前。

“就是这里了。”那年轻男人说。

奥利维亚不耐烦地将他推到一旁。“哪一个？下面这一个吗？”她指着那个溢出蒲草纸卷轴的壁龛问道，声音里带着难以掩饰的热切。

“不，另外那个。”

奥利维亚踮起了她那高高的鞋尖。“终于找到了！”她高声说，随即发出刺耳的笑声。她非常得意：“你彻头彻尾输了，尤利西斯！我奥利维亚·牛顿向你承诺过的。”

就在此时，她听到一种古怪的声音，像是一声被蒙住的叫喊声。

“你说什么？”奥利维亚问道。

“我没说什么。”

奥利维亚摇摇头：“那就奇怪了……我的确听到一些声音……”

那年轻男人不安地四处张望。

“快点，拿你要拿的东西吧。我们要立刻离开这里！”

“我等这一刻已经等了很多年……”她喃喃地低语说，又一次踮起脚尖去看壁龛的里面。她将打火机递了进去，“嚓”的一声打着了火。

那年轻男人站在那儿，窥视奥利维亚想要得到的物品。

“不可能的……”牛顿小姐过了几秒，才结结巴巴地说，“那儿……那儿……那儿什么都没有！只有一截残烛！”

“嘘！”那年轻男人斥责说，“你会令法老所有的警卫都跑到这里来的！”

奥利维亚的脸色变得火焰般猩红。

“它不在这儿！”她重复说，使劲地将那截残烛丢到地上，“地图不在这儿！”

“我走了……”她的向导愤怒地从牙缝里迸出一句话。

但奥利维亚·牛顿像豹子一样跳到他面前，在他还来不及逃走前，一把抓住了他。

“小子，站在这里别动。你想要到哪儿去？你在耍我，不是吗？你带我来了个什么地方？”

“就是你求我带你来的地方啊……”他咆哮说，并且试图挣脱。可是，奥利维亚的手像鹰爪一样牢牢抓着他。

“你这个小阿飞。不要试图愚弄我！”奥利维亚·牛顿板着脸，把他像推一大袋马铃薯般推到墙上去，“为什么基穆尔科夫的地图不在这里？回答我！”

放在另一个壁龛里的卷轴抖动着，发出“飒飒”的声音。

“我不知道！”那年轻男人呼叫说，“我不知道基穆尔科夫……是谁……我……我只是将你带到你所要求的地点来。”

奥利维亚·牛顿直视他的双眼，好确定是否该相信他所说的话。

就在这时，她听到从不远处传来的脚步声，不单如此，还有青铜盾和士兵的长矛碰撞的声音。“咔嗒咔嗒”，警卫队来了。

“我认为他们听见我们……”那年轻男人低声说。

奥利维亚·牛顿立刻想象到一座满是老鼠的监狱，不由得松开手让他走。

“好吧，”她低声说，弯腰拾起地上的那截残烛，“我想我还是相信你吧。现在，带我离开这里。”

第十一章

隐藏的真相

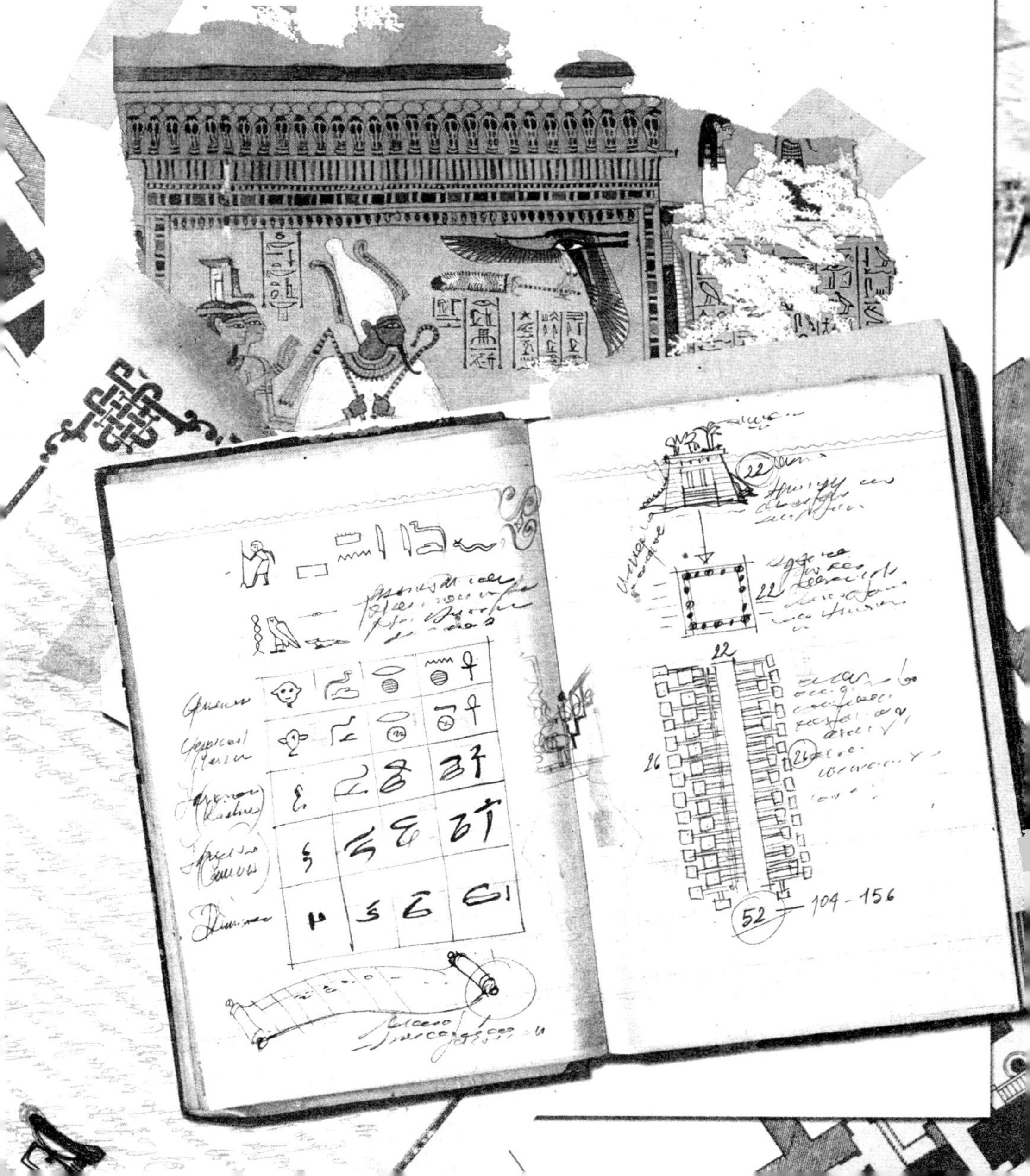

法老的警卫队大步跑来，他们用长矛的矛头探查着走廊。他们迅速地交头接耳，然后便分成小队，四处去搜查入侵者。过了不多久，他们的脚步声便渐渐消失，直至完全听不见了。

杰森和瑞克仍旧靠在壁龛的后方。好像过了很久之后，他们才冒险将那些掩盖着他们的卷轴推开一点，窥探走廊的情况。

所有人都走了。

杰森悄无声息地钻出壁龛，站到地上去，瑞克跟在他后面。

他们环顾四周，想寻找玛鲁克的踪影，但她就像其他人一样消失了，被布满灰尘的走廊迷宫吞没了。

“你也听到了吗？”瑞克低声说，“还是我在做梦呢？奥利维亚·牛顿最终是怎么到这里来的呢？”

他深深吸入一口气，被一种独特的香水味呛住了。这让他想起第一次碰见奥利维亚的情形，当时他在前往阿尔戈山庄的路上，差点儿被她的汽车撞倒。

杰森拿出他在壁龛内所找到的蒲草纸给瑞克看。“我们仅仅比她早一点儿拿到。”他低声说。

他展开那片蒲草纸，上面有一段短短的信息。跟他们在悬崖找到的小盒子里的字条，以及卡里普索小姐给他们的包裹一样，这段信息是以相同的符号写成的。

“这些是珀埃斯托士圆盘上的象形文字！”瑞克一看到这片蒲草纸便立即说，“看来还要继续搜索下去……”

“我们现在没有时间去解码了。那些警卫队现在随时都会回来，我们要立即离开这里！”

他们跑到走廊的尽头，在转弯之前，他们谨慎地窥视前面的情况。那儿看来没有任何人，于是他们决定往回跑，去找星星房间。如果他们在那儿见不到玛鲁克，便要自行找出路。

他们紧紧地握着口袋里的圣甲虫通行证，小心翼翼地留神倾听身边的每一下声响。

“那么，奥利维亚·牛顿是谁呢？”杰森最后问道。

“告诉你，其实我也不知道……”瑞克回答，“昨天到你家里去之前，我从来没有见过她……我应该问问我妈妈。她会知道的。又或者……或者我们应问问格温达琳，她是基穆尔科夫的理发师。我妈妈说，如果有只苍蝇在基穆尔科夫着陆，格温达琳都会知道的。”

“奥利维亚·牛顿……”杰森重复说，“在埃及。”

“我仍然不能接受……”当他们转入拥有巨大翅膀的恶魔雕像所守护的走廊时，瑞克附和他说，“你听到她说什么了吗？‘你彻头彻尾输了，尤利西斯！我奥利维亚·牛顿向你承诺过的。’”

“是啊，我也听到……而且差点儿叫了出来。”杰森以安静的声音说，“现在我们知道奥利维亚讨厌阿尔戈山庄的老业主。”

“来想想吧，”瑞克说，“当我到你家里去时，她和那管理员正在激烈地争执。”

“争执什么？”

“我也不确定，但肯定是跟阿尔戈山庄有关的。”

杰森吃惊地说：“你认为奥利维亚……她会知道那扇门、人工洞室……和那艘船吗？”

“或者吧……”瑞克咕哝说，“但现在我们唯一要做的，就是离开这里，好吗？”

他们一边走，一边留神听着身边细微的声响，他们在每一个拐弯处小心地张望。杰森不能自已地在脑海中思考这件事。

“掩饰”，这个词像一道电光般闪过他的脑海，将一连串细节连接起来：那布满了烧焦和砍刮痕迹的神秘大门藏在大衣橱后面；没有人去领取那个邮寄包裹；那地下通道有部分地方已经塌陷；人工洞室里那个通风的壁炉；墨提斯号的船长在日记内说那可能是他最后一次旅程。

“所有东西都被掩饰起来！”他呼叫说，“掩饰或者抹去。想想吧，瑞克！那堵墙封死了走廊，那登记条目被删去，壁龛是空的。每一件东西都被隐藏起来，或拿走……就像有些危险的东西不应被找到一样。”

阿尔戈山庄在狂风暴雨中颤抖。

在柱廊里，朱莉娅从观景窗向外看。内斯特静静地走近，站在她身后，盯着窗外的雨水，以及那从灯塔射出的懒洋洋打转的光柱。

“它每晚都是这个样子吗？”朱莉娅问道。

“不，偶然如此罢了。只有在伦纳德记得按着它的时候……”内斯特耸耸肩回答说。

“那灯塔不是运转良好吗？”

“是的。问题出在它的操作者身上。”

“我不明白……”

“伦纳德有一只眼睛瞎了。”老管理员等待灯塔那白色的光柱投到花园的边缘，又再消失于海面上，“他曾经近距离接触过一条鲨鱼。”

朱莉娅打了个冷战。

“海洋里经常发生这样的事情。”内斯特低语说。

“如果你想的话，你可以留在这里……”过了一会儿，朱莉娅提出。

但当她转过身来的时候，她看到内斯特已经走了，剩下她一个人。朱莉娅向后斜靠着那渔妇雕像稍作沉思，然后又回到楼梯底下那又寒冷又黑暗的地方去。悬挂在墙上的肖像冷酷地看着她。她听到一点声音，半途中停了下来。

她听见她那位于楼上的房间里传来撞击声，朱莉娅试着不去想这一切。

“没有人在这幢房子里。”她告诉自己。

在她离开地下的一排房间和大堂之前，她必须先经过厨房，而四处一点光都没有。

“内斯特？”她以颤巍巍的声音低声呼唤。

大雨倾盆而下，打到房子上。

“内斯特？”

她登上了一级楼梯，又一级，直到她在那扇唯一为楼梯带来一点光线的窗户前，她看到外面的花园里有一点光。

接着，她听到了汽车引擎咆哮的声音。

朱莉娅睁大了双眼，她急急逃回柱廊那儿。

“内斯特！”她叫喊道，“内斯特！”

一辆车子驶进了阿尔戈山庄的庭院。

第十二章

花园的光

questa foto è stata
scattata in Cornovaglia.
in effetti l'autista di
Olivia Newton non ha
una faccia molto simpatica!

孩子们终于翻译出蒲草纸上那神秘句子的意思，
可是他们却再次陷入困惑之中，
纸条上所指的地图被放到了“不在那儿的房间”……

瑞克和杰森在途中突然停了下来。生命屋的宁静被响起的号角声粉碎，随之而来的，是一阵欢呼拥戴之声，而且听起来跟他们的位置相距不远。

他们在拐弯处小心翼翼地窥探，看到一个偌大的房间，里面的所有东西都是黄色的，还有一个通向花园的出口。那些喝彩声便是由花园外面传进来的。

瑞克咬咬嘴唇，回头望望，他走错路了……

两个男孩子警惕地走到窗前。人群好像在聚集庆祝，蜂拥到花园里，被限制在主干道的两旁。两匹强壮的黑马拖着一辆金色的战车走在主干道的中央，缤纷的花瓣从空中洒下，招展的旗帜为战车开路，形成壮观的场面。

“就是他！他是图坦卡蒙！”当杰森看到那站在战车里的人时，不禁大叫。

那儿童法老穿着金色和白色的衣服，大幅度地挥手，向人群致意。在他身旁，有一个留着厚厚的白胡子，样子很威严的男人，手里勒住马缰。

“那一定是玛鲁克的爸爸……”瑞克说。

如果他们能够跟大律法师说话就好了……他是曾经见过尤利西斯·摩尔的少数人之一。

杰森看见眼前的一幕景象，他的心紧张得快要从嘴巴里跳出来了。噢，如果能够到花园去，近在咫尺地看看法老，要他付出什么代价他都是甘心的！

“我认为我们最好快点离开……”瑞克说，“我们应该回到我们原来的地方去。在这儿，我们永远不会到达星星房间……”

就在这时，传来一声细细的“嘶嘶”声。

“你刚才说什么？”

“我没有说话。”

“我想我听到了一些类似‘嘶嘶’的声音。”

“或者是从外面传来的吧。”杰森回应道。

“嘶！”那小小的声音又再次响起。

瑞克凝视那守护着走廊入口的雕像。“在那儿又响了一次。”

“这次我也听到了！”杰森说。

“嘶，朋友！”那声音终于说，“我在这里！下面！”

玛鲁克从他们脚边的壁龛探出头来。

“警卫都走了吗？”

“玛鲁克！”瑞克惊叫道，“你在那儿做什么？”

玛鲁克视察了数次，确定走廊里没有其他人，然后才终于决定从壁龛里走出来。

“他们过来是为了拘捕我们！”她一边说，一边站起来拨掉手臂上的蜘蛛网，“我告诉过你们……”

“那么，这就是你最终的藏身之处……”杰森结结巴巴地说。

要推想发生了什么事，其实并不困难。玛鲁克一听到脚步声，便逃到雕像那儿躲了起来。然后她见到奥利维亚和那年轻男人来过，接着，因为她心里满是惊慌，便爬进离她最近的壁龛里去了。

“但是，现在让我们离开这里吧，求求你！”玛鲁克说着，精神紧张地将辫子甩到肩后。

玛鲁克带他们来到一条通向下面的陡峭楼梯处。

“你有没有听到他们说起什么特别的事？”瑞克问道。

“你猜对了！她看来很愤怒。那个年轻男人尝试安抚她。我听他们说，要去生命屋外面一间名为‘失落已久的地图之店’的店里。”

“知道这个倒是不错的收获……”杰森嘀咕说。

几分钟后，他们走到楼梯的尽头，一缕阳光从出口照进来。杰森、瑞克和玛鲁克走了出去，发现自己身处在生命屋的花园里，正在夹道欢迎法老的人群中间。

没有奥利维亚·牛顿和她的导游者的踪影。

他们尽力地穿越人群，找到一个安静的地方休息。

瑞克和杰森背靠着一株棕榈树的幼株坐在地上，用了不过五分钟，便将蒲草纸上的信息翻译出来了。

瑞克大声读出那神秘的句子：

注：我决定将地图放到一个安全的地方——“不在那儿的房间”。

“这么说，这就是我们下一个目的地了，”杰森笑道，“不在那儿的房间。”

“我不认为这条线索对你会有多大帮助……”玛鲁克评论说，“恰恰相反，我认为你的朋友只是在戏弄你……”

“为什么？”杰森问道。

“如果他说，他将你的地图藏在一个‘不在那儿的房间’……那即是说他已销毁了它。”

“我不明白……”

玛鲁克大笑：“‘不在那儿的房间’只是故弄玄虚……将东西存放到‘不在那儿的房间’里，即是已经丢掉了，将它放到不存在的空间里去了。”

“你肯定？”

“我当然肯定。它来自一个传说，一个神话故事，就像那首关于一对失散恋人四处徘徊，希望再次遇上对方的歌谣一样。”

“但我们的朋友说，他希望将它放到……一个安全的地方……”

“没有任何藏起东西的方法比毁掉它更为稳妥的了，或者那就是你的朋友想说的……”

“但不可能是这样的……”杰森咕哝着说，“我们知道有一张基穆尔科夫的地图被藏在埃及……而且，无论地图上面所画的是什么，它都是十分重要的。或许它能解释神秘大门和墨提斯号的神秘来历……无论如何，我们都要去找‘不在那儿的房间’，而且更要赶在奥利维亚·牛顿之前。”

“因此……”瑞克插口说。

“因此你们两个都是疯子！”玛鲁克总结，“而那个奥利维亚·牛顿比你们更疯狂！寻找‘不在那儿的房间’，就好比在沙漠中寻找一粒特定的沙粒一样。但是，你们尽管现在就开始动手吧。作为我的客人……”她指着生命屋那宏大的墙壁说，“如果你在这幢建筑物内逐个房间逐寸逐寸地去搜索，你可能要花上一辈子的时间。”

“我们没有一辈子的时间，”瑞克呻吟说，“我们连一整个下午的时间都没有。”

玛鲁克跪在草地上：“啊……说到这里，我想现在是时候，由你们说明你们的身份，以及你们是从哪里来的了，你们认为不是吗？”

朱莉娅躲在渔妇雕像的后面，藏身在那儿监视着外面。

停泊在庭院里的，是一辆黑色的运动型汽车，一看便知道不怀好意的样子。车里坐着一个戴一副太阳眼镜的男人。当他打开车门的时候，车厢内的照明灯亮了，映照出他非常健壮结实，他身穿一件皱巴巴的长雨衣。

那男人下了车，冲到阿尔戈山庄的前门……但他没有叩门。

朱莉娅听到他扭动门把手，像是在检查门是否已锁上。然后，他开始绕着房子走，逐渐消失在朱莉娅的视线范围之外。

就在此时，一只手从后面抓住她，将她从地上拉起来。

“别出声……”内斯特低声说着，慢慢松开了他的手，“或许他会以为我们不在家。”

“他是谁？”

“嘘！”

内斯特领她躲在楼梯底下的阴暗处。外面一道闪电，而那穿着雨衣的男人恰巧在窗前出现。朱莉娅刚要尖叫，内斯特一手捂住了她的嘴巴。

那陌生人将脸凑近窗口，瞥视屋内的情况。

“这里太黑，他不会看到任何东西的……而且那玻璃是特制的……”内斯特低声说。

那男人将手放在玻璃门的门把上，轻轻摇晃。

上了锁。

“所有门窗都锁好了……”内斯特以温和的声音说，“他进不来的。”

那穿着雨衣的男人沿外面柱廊的边界行走，检查其他的门有没有上锁。

“厨房那扇门也锁好了？”朱莉娅低声问。

“锁了。我锁好了每一扇门，他进不来的。”

“石室的窗！”朱莉娅耳语说，“你推开了它，看外面有没有下雨。”

“留在这儿不要走开……”内斯特告诫她，说着便消失在黑暗中。

朱莉娅动也不动地站着，倾听内斯特迅速前往石室检查窗户的脚步声。

她连一根手指也没有移动过，就这样看着那陌生人，他正挨个检查柱廊的每一扇双层玻璃门有没有锁上。

锁上了。锁上了。锁上了。

那男人慢慢走到另一扇门处。因为窗户被雨水覆盖着，朱莉娅看不到那男人的身形，或是他的面容。但是，在暴风雨的怒吼下，朱莉娅仍然肯定她能听到这陌生男人的脚步声。

他到达第四扇门，拉那门的把手。

朱莉娅的眼珠差点掉了下来。

那门并没有锁上。

她甚至没有想想自己将要做的意味着什么，便从藏身之处跳了出来："不！"她尖叫着，低下头便向他撞去。

那陌生人站在原地，被吓得目瞪口呆。

他只推开了双层玻璃门的其中一扇门板，让带雨的狂风卷进室内，他俯身向前想要窥探室内的情况。

"嘿！"他大叫。

一道闪电照亮了他身后的天空。

朱莉娅扑到门前，猛力将门关上，门板重重地撞到那陌生男人的脸上。

外面传来太阳眼镜碎裂的声音。然后那男人蹒跚地退后，双手揉着鼻子。

朱莉娅将门紧紧地关上，并且锁上了门锁。

她听到身后有脚步声向她走近，接着便是内斯特的声音："朱莉娅，发生了什么事？啊，不……"

在玻璃门的另一边，曼弗雷德跪倒在湿淋淋的草地上。他一只手捂着鼻子，鼻血从指缝间流了下来，另一只手在地上摸索着，想找回他心爱的太阳眼镜。

“你打爆了我的鼻子！”他嚎叫着，并试图站起来，“我会要你为此付出代价的。”

他摇摇晃晃地撞向柱廊的玻璃门，倾尽全身的重量撞过去。砰！

内斯特和朱莉娅退到楼梯那儿去，但玻璃门并没有碎裂。

“我会毁掉所有东西的！所有东西！”曼弗雷德在雨中喊叫。

“不用担心……”内斯特安抚她说，“没事的，他不可能打碎这里的玻璃。”

砰！那声音又再次响起。

“你要为此付出代价！”曼弗雷德大吵大嚷。

灯塔的光柱缓缓扫过花园，朱莉娅问：“内斯特，那男人是谁？他要做什么？”

内斯特扮个鬼脸回答说：“他要进来。”

第十三章

外面

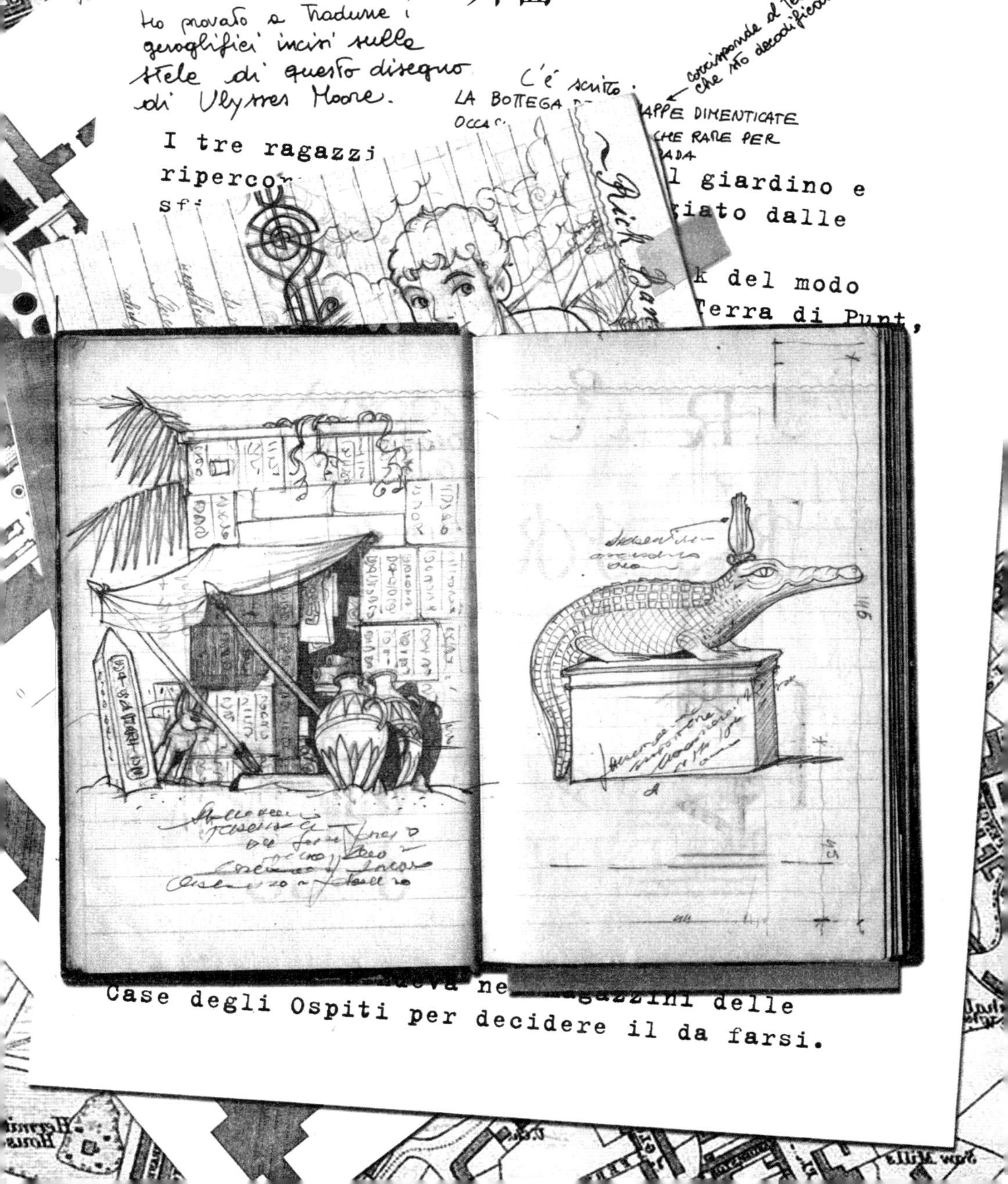
Ho provato a tradurre i geroglifici incisi sulle stele di questo disegno di Ulysses Moore.
C'è scritto:
LA BOTTEGA D
MAPPE DIMENTICATE
OCCAS
CHE RARE PER
ADA
corrisponde al testo che sto decodificando
I tre ragazzi
ripercor
l giardino e
giato dalle
k del modo
Terra di Punt,
Case degli Ospiti per decidere il da farsi.

三个孩子穿过花园，走到那排列着狮身人面像的林荫路上。玛鲁克发誓她绝不会向任何人透露后，瑞克和杰森将一切事情，包括他们怎样来到扁舟之乡，还有朱莉娅及她如何消失在神秘大门之后，以及他们对阿尔戈山庄前业主所知的一切都一五一十地告诉给了玛鲁克。杰森向玛鲁克表示，他怀疑那个前业主仍然活着，只是躲在某个不为人知的地方，或者是基穆尔科夫，又或者被关在监狱里。

玛鲁克是那样的惊讶，以至于竟说不出话来。她从一开始便怀疑杰森和瑞克有些事情瞒着她，但他们的故事却远远超乎她的想象。说不清是什么原因，玛鲁克觉得她应该可以信任这两个陌生的男孩……

站在通往访客之家储物室的楼梯顶，他们商议下一步该做什么。

一边是一条可以带他们回到朱莉娅身边的楼梯；而另一边，那出口却可以带他们通向外面的城市，向“失落已久的地图之店”进发。

“如果你们要去看看那商店，我便不能和你们一起去……”玛鲁克说，“我是不能离开生命屋的花园的。”

“这真是疯狂。”瑞克嘀咕着。当看到杰森毫无反应时，他便大声地重复道：“这真是疯狂！”

“唔，好吧，这可能是疯狂的……”杰森终于开口了，“但‘失落已久的地图之店’是我们唯一的线索。此外，我们没有其他时间可到那里去！”

瑞克忧心忡忡地摇摇头。

看来很是困难……经过这一切之后，他们只得到一个小线索，就是那句：我决定将地图放到一个安全的地方——“不在那儿的房间”。

对比他们之前所找到的信息，虽然是以同一种象形文字写成，但这句线索有些奇怪。这个句子并不押韵，它看来不像诗。它是乏味的、沉闷的、实际的。

但却没有令它的意思明确一点。

是玛鲁克将他们从犹豫不决中带了出来。“听着，这是我们可以做的。我会留在楼下的访客之家储物室，在这儿等朱莉娅，以防她在你们离去后突然出现。你只需告诉我该对她说些什么，使她能知道我真的是站在你们这边的，那便行了。”

这可能是一个解决方法。不太实用、有缺点，但无论如何，这仍是一个解决方法。

“是的……”杰森过了一会儿才说，“我们可以这样做。如果朱莉娅回到这里，她会经过我们遇到你的那个房间。”

玛鲁克微笑：“我早已推想到了。”

“你可以对她说……说瑞克和她哥哥去办一件差事。你可以告诉她不必为此担心，我们一切安好。”

“还有我们很担心她。”瑞克补充道。

“是的，”杰森重复说，“告诉她，我们很担心她。她不该像我以往每次叫她跑那样，一溜烟跑掉。”

杰森轻拍玛鲁克的肩头，说：“谢谢你，玛鲁克。你是一个真正的朋友。”

在他们离开之前，瑞克又补充说：“顺道一提，朱莉娅跟杰森是一模一样的，你能很轻易便将她认出来。朱莉娅和杰森是双胞胎。只是她真的……”他禁止自己说“漂亮”，而改口说，“比杰森高一点。”

一个字也不用说，瑞克和杰森向警卫出示了他们那两个圣甲虫的通行证，便离开生命屋到城中去了。在那堵巨型围墙外面的路上，密布着摆满货物的摊档，那里什么东西都有。各种动物在柳条编成的笼里，发出低鸣、哼叫、尖叫或嚎叫的声音，用雪花石膏制成的雕像和器皿，上了色的球果有一晕甜甜的香气在其上袅袅不散，罐坛子里盛满了混合调味料，松脆的面包被切成厚片出售。一箱一箱的无花果和枣椰子，用芦苇编成的地毯，羊毛和闪亮的布料制成的斗篷，专门向妇人展示的那用珍贵宝石制成的珠宝首饰。这一切一切，都等待着卖给市场上那些富有的访客。

杰森看也没看，便越过这些混乱无序的商品。瑞克在后面挣扎着跟上他，但又不时停下来拿起每一件东西来研究一番，后来被商贩穷追不舍。他所见之处都是嘈杂的人群、缤纷的色彩、帐篷、叫喊声……

而他们却没有时间仔细欣赏这一切。

突然之间，杰森停在市集的一个空旷地方。他面前是一个身躯庞大的男人，他的肤色就像乌木一样。地上坐着四个满脸愁容的人，他们被一条铁链捆在一起，那个身躯庞大的男人正看守着他们。

“啊，不！”瑞克记起他在日记内所读到的东西，哀声说，“我们来到了奴隶市场！”而事实上，附近还有其他相似的摊位，被贩卖的货品就是那些有血有肉的人。

再走下去，那条路变成一条窄小的小巷，在两座倾斜的建筑物中间，挤满了布置得夺目媚俗的摊位。

“瑞克……”杰森叫喊说，“那商店……会不会就是那间？”

他指着一幢正方形的房子，那房子看上去好像是用从生命屋捡来的砖头建成的。它的外墙上画了关于海洋、天空和太阳晚上行程的象形文字。

一个深深插进地里的石碑屹立在入口前面，上面刻着：

失落已久的地图之店

助你找到路径的非凡交易

“应该就是这里。”瑞克回应说。

“好，那我们进去吧。”

杰森和瑞克走下引向入口的那四级台阶，掀起了遮挡在门口的门帘。一阵浓烈的香熏气味向他们致以问候，而其他的香水味则留给火盆将它们烧尽。固定在天花板上的银吊索上面挂了近百幅地图。一张又大又矮的桌子被蒲草纸盖着，纸上描述了海岸、城市、河流、港口和森林，还有很多奇异诡秘的名字。

在这些幻想出来的、由东方的疯狂冒险家绘制的地图中间，以及一块发白的碑板上，另一些空想家寻找着他们所走过的一段行程。这两个男孩迟疑地走着，他们的指尖拂过巴别塔的详图，那是世上一切语言的发源地。接着，他们看到吾珥的布局图，那是人类最古老的一座城。一堵墙上挂了一幅地图，所描述的是一座被诅咒的城市的黑色墙壁，那是由一个前额长角的人所建的。在另一堵墙上所挂的地图，则描述的是一个建在天空上的国土，那个地方只能在冬天，待河水结成易碎的冰桥，翻越最高的山岭和云端时，才能到达。那蜿蜒不尽的尼罗河有许多的河道图，有的以普通的手写字作为解说，有的则以优雅的烫金象形文字为图解。有些地图以腓尼基人的字母做草稿，因为腓尼基人是北方的商人之首，而其他的地图则以不知名的文字写成。店里所有的东西都乱作一团，将远隔重洋的世界拉在了一起。

当入口处的门帘在他们身后落下时，市集的声音便被从地图之间幻想出来的叫喊声所湮没。这两个男孩立即被这些迷人的地点、人名和隐藏于墨水背后的无尽故事所吸引。巨大的生命屋里，没有一条走廊能散发出这样独具威力的神秘感。

逛着“失落已久的地图之店”，杰森的指尖沿着其中一张粗糙的布地图划下去，那张地图描述的是一座皇宫，里面有数以百计的房间，房间与房间之间全都以楼梯和走廊贯穿起来。瑞克跟杰森不同，他靠近那张画在木碑板上的地图，那是一幅画满了路线的航海图。

当一个急速而沙哑的声音打断了他们的思绪时，他们二人才懂得吃惊。"哈！你们进来只是为了看看摸摸吗，小家伙？还是你们打算向我买一张地图呢？"

杰森环顾四周去找那声音发出的方向。他看见在接近入口处的角落里，有一个头发稀疏的老人，他整个人都陷在那铺了垫子的宝座上，他的双眼是奶白色的。他的脚浸在一大盆蒸汽上腾的热水里，旁边是一座鳄鱼的雕像，被人用结实的绳索将它跟椅子绑在一起。

"你……你好，先生……"杰森结结巴巴地说着，向那老人走近了一步。

当他正要踏出第二步时，他以为是雕像的鳄鱼缓缓地、大大地张开了它的下颚。它那两个又大又黄的瞳孔中间，是一线垂直的、墨黑墨黑的虹膜。杰森站在那儿吓呆了，而他身后的瑞克则发出一句战战兢兢的提问："那东西是活的吗？"

老人"咯咯咯"地大笑起来。

老人将一只厚实的手掌搁在鳄吻上。事实上，他的手掌是那样的大而宽厚，以至于他手上的指环都差不多完全被他手指的赘肉所遮盖。

"这个小家伙问你是不是活的呢，塔罗斯。"

就像是为了指出这问题是多么的荒谬，塔罗斯突然张开它的下颚，露出那排成三列，像剃刀般锋利的牙齿。

杰森和瑞克受到了惊吓，向后一跃。

那鳄鱼又闭上它的大口，像一个捕熊的陷阱一样，非常利索地合上。它主人的双脚在那盛满了热水的盆内挪换着位置。

"唔，那么，小家伙……告诉我吧，像你们这样两个外地人，来到像我这样的店里，究竟会做些什么？”

看见他们二人那样难以启齿，老人又补充说：“只要一看你们的鼻尖便知道你们是外地人了，那么，最有可能的就是你们迷路了。因此，在某方面来说，你们看来是走对地方了……”

杰森作了一个深呼吸，然后定了定神，说：“事实上，先生，你错了。我们不是外地人，而且我们也没有迷路。我们是两个从扁舟之乡来的男孩，我们在找一些很特殊的东西……不是吗？”他补充说，也为瑞克打了个暗示。

“正是，唔……我们在找一张……一张地图。”瑞克补充道。

“一张地图！哈，哈，哈！”那老人又“咯咯咯”地笑起来，他调整了一下坐姿，希望在他的宝座上坐得更为舒服。“这一定是我的幸运日了。让我问问你，那么……你们在找的是一张怎样的地图？”

“那是一张关于基穆尔科夫这个地方的地图。”杰森以十分认真的语气说。

“上下埃及所有神明啊！”那老人大叫，用手背轻推塔罗斯，“那么，今天真是我的幸运日了。半天内有两个人问我要同一张地图。又有女人来找，又有孩子来找，这样看来，那一定是一幅很重要的地图了。”

杰森和瑞克试着不去理会他的讽刺，问道：“你指早已有其他人来过这里找那幅地图吗？”

“哈，哈！没错！”那老人的其中一只脚踏出了盆外，故意摆出一副不耐烦的怒容，又将脚放回盆里去多泡一会儿，“刚才已有一个女人跟一个小厮到这里来……你真应该见见她！她是个歇斯底里的女祭司，她一进来，便令塔罗斯狂乱不已……它只是不能忍受那些过于激动的人而已，你看。”

杰森和瑞克交换了一下眼色，是奥利维亚·牛顿和年轻男人。

“你跟她说了什么？”

“正如我打算告诉你的一样。我没有那幅地图，而且，在我心中，我甚至不相信它是存在的。如果在收藏库那里曾经有那么一张地图，又如果它有任何价值的话……我的其中一个小厮便早已告诉我了。或者至少，他们会做一张复制品给我。”

“尽管你认为偷取正本是比较可取的，对吗？”杰森十分大胆地吐出这句话。

“哈，哈！你这个小家伙一张嘴倒挺厉害！但是，小心点！动刀者，刀下丧……”当那老人说完了这句话，塔罗斯便将它的尾巴摆到了椅子后面。“况且，‘偷’是一个那么难听的字眼。有那么多人愿意用金子去证明他们的诚意，以得到那些地图。让某些地图在生命屋里腐烂，简直是浪费人力物力，你认同吗？”

“我不认同，生命屋是对所有人开放的。”瑞克回答说。

“但地图不是啊。地图只是为那些懂得如何去看它的人服务的。每一个人都有自己的地图，小家伙，每一个人都有他自己的路要走……”

那老人的脸隐藏起来，部分是由于店内幽幽暗暗的，部分是由于布满他脸上的那纵横交错的皱纹造成的。唯一能清楚看到的，是他的嘴巴，他那常常张大了，在句与句之间扭动，发出“咯咯”笑声的嘴巴。

“但我们相信那幅地图真的存在……”杰森说。

“这正是那个歇斯底里的女祭司对我说的话，才过了不多久而已。哈！哈！我便叫她去问问索引员公会，或者下去掩埋品档案室。那儿放了未被记录在分类档案内的东西，或者一些没有付存放费用的对象。我派了我的一个小厮跟她一起去，当然啰，这样的话，那个女祭司便要付钱给我作为协助的费用……”

“我不认为那幅地图在掩埋品档案室内，也不认为索引员能告诉她更多相关资料。”杰森说。

“我也是这样告诉她的，牙尖嘴利的小子！但她是那样的暴躁，而且又那么热切地想付钱给别人去协助她搜寻，除了借个帮手给她以外，我没有其他帮得上忙的了。哈，哈，哈！”

“我们十分肯定那幅地图是被存放在收藏库里面的。”瑞克插嘴说，“只是有人将它移走了。”

“哈！那么他们将地图移到哪里去了呢？”

杰森和瑞克互相凝视了好一会儿，然后叹了一口气，杰森点点头，瑞克便说：“它被移放到‘不在那儿的房间’。”

那老人的笑声突然止住了，他看来像是快要准备站起来的样子。他抬起头，身子前倾，在充沛的光线下露出他的脸。

“小家伙，你说什么？”

瑞克将他的话重复了一遍，只是这一次，他的声音有点微微发抖。

“啊！”那老人重重地靠回他的椅背，接着总结说，“那么，这便完全不同了。”

“为什么？”

“你们年轻啊，小家伙！对于展开这场搜索，你们是太年轻了！”那老人以激动的嗓音发出吼叫，“去吧，现在！离开这儿！去找其他像你们一样的小家伙，一起去跳石头过河；又或者为自己找副棋盘游戏来玩吧；找颗骰子来玩吧；做任何你们爱做的事情，只是要忘记那幅地图！而且，最重要的是，忘记‘不在那儿的房间’。”

“我们不能，这对我们来说是很重要的。”

“对你们来说，只有一件事情是重要的……”那老人咆哮说，“那就是时间！你们有时间！而你们不应该将它浪费在追寻不存在的东西之上！不！走吧！离开这儿！出去！”

老人将脚从水盆中抽出来，猛拉套着塔罗斯的绳索，塔罗斯的腹部一鼓一鼓的。

瑞克没有移动分毫，即便水盆翻倒发出震耳欲聋的“哗啦”之声。杰森大叫起来，而那条鳄鱼向他俩喷气，咬合着它那排成三列，像剃刀般锋利的牙齿，瑞克还是没有移动分毫。事实上，他甚至能注意到那厚皮动物正爬过地面，预备向他发动攻击。

当塔罗斯的双颚在瑞克鼻尖前突然咬合起来时，瑞克仍然丝毫不为所动。

然后，这场攻击就像它的开始一样，突然结束了。

老人发出一声号令，鳄鱼便警惕地退后，直到再次蜷伏在主人的脚前。

野兽所吐出的腐烂味、辛辣味，浓浓地悬浮在空气中。

瑞克完全没有料到会是这样的，而事隔很久之后，每当他想起那一刻，他仍不能确切地解释当时发生了什么事。或者他只是没真正彻底地了解，被一只绑在老贼头的椅子上的宠物鳄鱼所噬咬的结果究竟会怎样。又或者是他太过害怕了，所以竟无意识地选了能够最快脱离那情况的办法：被一下子狼吞虎咽地吞食，令自己不那么痛苦。

但接下来的事是这样的：当塔罗斯冷静下来后，那老人摇摇晃晃地走到这个红头发男孩面前。他那布满皱纹的脸上，有一丝真诚而惊讶的赞许神色。“上下埃及所有神明啊，哈！”他高声说着，抖动他那并不强壮的双脚，面对面地站在神色冷漠的瑞克身前，“我以我的母亲发誓，愿阿纽碧斯和阴间所有神灵保佑她的亡魂。我之前从没见过像你这样的人。你是什么，小家伙？是英雄，还是疯子？”

瑞克的右眼合上又睁开。

在他后面，杰森从桌子下埋叠起来的几幅古老地图里探出头来窥视。他看到瑞克仍然完好无缺，也满有尊贵气度地扫扫衣服走出来，站到瑞克身边去。

那老人也对他投以嘉许的眼神。“牙尖嘴利和宝石之心。”他说，“我生平从没见过像你们这样的人！哈！干得好，小家伙！我喜欢你们两个！”

老人一边说着，一边又坐回他那铺了垫子的宝座里去，用一只脚将那水盆拉近到自己跟前。

杰森注意到瑞克快要濒临崩溃了，他赶快推了一张凳子让他坐下。接着他又拉了另一张凳子来，坐到上面去，盯着店主那又一次隐没在阴影里的脸。

“唔，那么……”杰森低声说，“我们现在能不能继续刚才的话题？”

“牙尖嘴利和宝石之心……”那老人喃喃自语，抚摸着他那宠物鳄鱼的脑袋，“当面对塔罗斯这样的动物时，从没有人这样大胆！这样看来，我是看错你们了。小家伙，你们愿意来替我工作吗？在我的小厮里，我能加入一些新血……”

杰森决定利用他们刚刚取得信任的优势，以高傲的语气说：“我们没兴趣，老先生。我们来这儿，是为了知道怎样找到‘不在那儿的房间’。”

“哈！那房间曾使我执迷不已，牙尖嘴利先生！每一次当我听到别人提起它……我就像能嗅到那人的味道，而且再次见到那些微光……高蹿的火舌令经年的努力化成一缕轻烟，还有无尽的念头、念头、念头……”他重复说着最后一个词，声音尖细，几不可闻。

“什么火？你的意思是收藏库几年前的那场火？”

老人脸上闪过一丝古怪的神色：“牙尖嘴利，你听过那个故事吗？”

“只是部分。”杰森回答说，然后握着瑞克的手，给他鼓励，并且让他知道他还需多等几分钟才可以昏倒。

“咳！咳！哎呀！”奥利维亚感到她的高跟凉鞋鞋跟折断时大叫起来。

“欢迎来到掩埋品档案室……”她身边的年轻埃及男人笑着说。当等到女士不再叫嚷，脱下她的一双凉鞋时，那年轻男人对她投以一个微笑，但还是一种令她感到愤怒的微笑。

奥利维亚将凉鞋丢到地上，用因沙尘而血丝满布的双眼打量她身边的环境。

那是一个偌大的地下空间，一条从石头中凿出来的隧道，由一盏发出琥珀色灯光的姜麻油灯昏暗地映照着。那年轻男人在途中逐一将灯点上。沙漠的沙粒从墙壁和天花板漏进来，石地板上杂乱无章地堆放了一些东西，沙粒就在这堆东西上筑起地基来。

“真令人厌恶。”奥利维亚批评说，她试着踮起脚尖保持平衡，将她整个脚板踏到地上去，实在是太恐怖了，“你们是怎么找到这种鬼地方的？”

“打听啊。”那年轻男人说，“而且每一次请求都……”

奥利维亚挥手止住了他余下的解释：“我知道，我知道。每个请求，都要付钱。”

不幸的是，奥利维亚知道世界是怎样运作的，而且她离开基穆尔科夫时，扮演的是一个打火机供货商的角色。她在扁舟之乡的市集将打火机卖给商贩兑换成现金。那些曾见过打火机的效用的商人，将一堆像山那样高的德本交给她，她还深信自己所作的这笔交易是一生中最划算的。现在，那些德本便用于收买在扁舟之乡找到的每一个市井之徒。

奥利维亚跟在她的导游身后小心地走着，并且琢磨着她在壁龛内所找到的那一截残烛。她越想，就越深信有人比她先行一步，击败了她。那个将印有“中国制造”字样的现代蜡烛带到这儿来的人，他会是谁？还有，他们什么时候到达这儿的呢？

“我们到了……”那年轻男人咕哝着说，将奥利维亚从沉思中拉回，“这是我们的人。”

奥利维亚挑起了一边眼眉。

“你们的人？”她问道。

那年轻男人在她耳边低语，态度傲慢：“因为他是这里的地头蛇，批评他的行为并不是一个好主意。”

“除此之外……”他以充满娱乐性的口吻补充说，“他也非常空虚。”

奥利维亚点点头。她眼前这个男人，很可能一生也没有照过镜子。不然的话，他必定能注意到他那毫无活力又不成形的身体，还有那鸭梨形的脑袋和那双看上去浑浊不清、颜色像酸奶的眼睛。

简单介绍完毕之后，那地下人不仅望着她，更用力地嗅着她的气味。当奥利维亚向他伸出一只手的时候，他没有伸手相握，只是盯着她的手，好像看着一颗珍贵的宝石。奥利维亚提醒自己，眼前这个男人不久将会帮助她找到一些很有用的东西。这想法帮助她克服了她对那地下人的厌恶。

“是……是的……”那地下人“嘶嘶”地说，放过了她的手，“你要找什……什么？”

他们跟他讲解所要找的东西，并且一再强调那地名：基穆尔科夫。

那地下人沉默了好一段时间，才缓缓地摇摇头。

带她来的那个年轻男人向奥利维亚打了个手势，示意这应该是付钱的时候。那地下人猛地伸手抓取了钱币，动作就如毒蛇的舌头一样，迅速将钱放到他的口袋里去。

“天晓得他在这地下档案室怎样花钱。”奥利维亚很想知道，但她还是决定不问这个问题。

“或……或者，这里有些……些东西是适合你的……”那地下人一边“嘶嘶”地说着，一边带他们走过掩埋品档案室的杂物堆。

他们越过一些没有头颅的雕像、倾侧不稳的旧家具、塞满了羊皮纸的石制柳条箱，以及一个传出狂乱的蹦跳声的罐子。

“告诉我这儿没有老鼠……”奥利维亚·牛顿跟自己低声说，突然她记起自己现在是赤着脚的。

“是……是的……”那地下人回答说，他一定天生具有极灵敏的听觉，“这里……十分多老鼠，十……十分多出色的老鼠……这……这边……跟着我……圆鼓鼓的胖老鼠。”

奥利维亚的年轻向导又再一次嘲笑她，但她装作没有看见。她走在他们二人后面，脸色就像鬼一样苍白。她努力地将意志集中于她要找的东西上。

然后，曼弗雷德的影子在她脑海内荡过。为什么她不带他一起来呢？曼弗雷德是一个出色的捕鼠者。她带着那截藏在袋中的残烛，站在那儿一动不动。刚刚在她离开之前，曼弗雷德告诉过她，他看见阿尔戈山庄下的盐崖壁有光射出来。而那幅基穆尔科夫地图，从原来的储藏地消失了。

会是这样吗？

第十四章

探索者

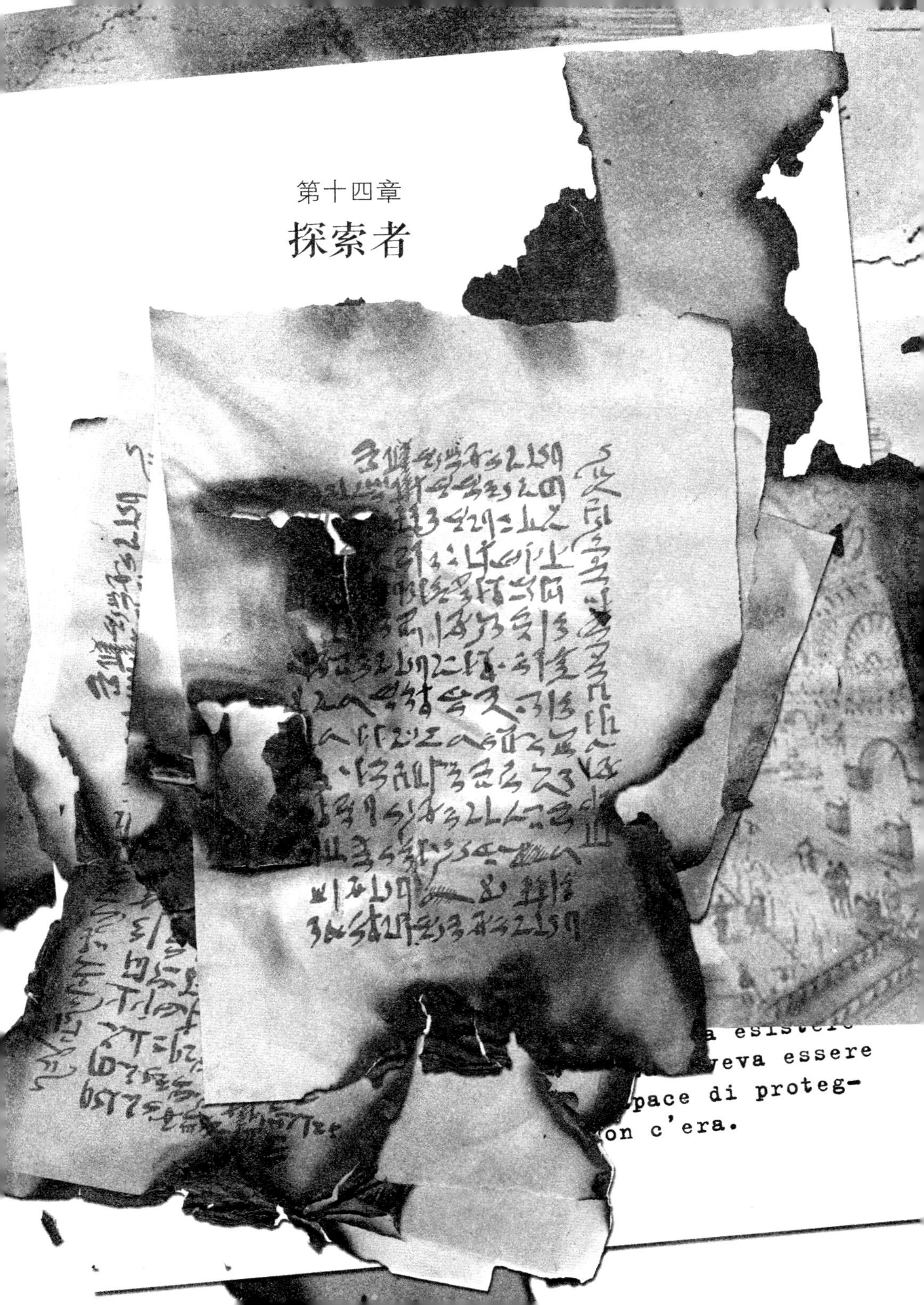

孩子们来到了“失落已久的地图之店”，可是老店主却劝他们不要去寻找“不在那儿的房间”，他曾经遇到过什么可怕的事情吗？

那老人用脚去撩拨水盆，发出“铮铮”的声音，他开始讲述起自己的故事。

“我曾是那儿最被尊重的索引员……所有伟大的学者都来找我，而且只来找我……去找那些最古老的著作、最偏远地方的地图，和发掘天空众星宿的秘密……直到有一天，一个男人在我面前出现……哈！我现在仍清楚记得他，就像我永不会忘记他一样！那男人曾花了一些时间去研究那记录了扁舟之乡的建立的蒲草纸：第一个乘船来到这儿的先人，靠着神明的庇佑建成了生命屋。他阅读这先人的生平年表。啥！是了，小家伙，那生命屋比扁舟之乡所有建筑物的历史都更悠久。它甚至比那些沙粒还老，那些沙粒不过是多年以后，当创始人都不在世之后，被忌妒之风所吹扫出来的罢了……哈！但那记录扁舟之乡历史的蒲草纸……”

“上面写了什么？”

“那儿所写的东西就是错误的所在。那蒲草纸上记下了生命屋内所有房间的列表，但那列表上却多了一扇门。我得出的结论是：那张蒲草纸所记的，一定是错误的，我也是这样告知那个学者的，但那不足以说服那个男人。他说那房间一定是存在的，而要找出那房间，关键是解开保护它的谜语。但是，哈！那儿没有谜语，因为那儿根本没有房间。那只不过是记录发迹史的蒲草纸上的一个错误罢了。那便是‘不在那儿的房间’。”

那老人搔搔鼻子，思考着：“哈！我深信那个学者在扯我后腿。有一段很长的日子，我完全忘记了他。但是，他后来又回来了……他告诉我，他已找到那个房间。他告诉我，他已破解了那个一直保护着那房间的谜语。我问他：‘什么谜语？’哈！‘它在每一个人的嘴唇上，又在每一个人的面前！’哈！这就是他跟我说的话。而你知道他这样说是为了什么吗？是为了挑战我！说到底，我是最优秀的索引员。”老人大大地张开了臂弯，“为了寻找那个房间，我变成了这样一个只有一条鳄鱼为伴的病弱老人。”

“但是，那个男人是怎样说服你相信，那个‘不在那儿的房间’是真有其事的呢？”杰森问道。

“哈！哈！他对我说：‘当你找到那个房间，进去以后，你会发现那个由三只海龟组成的记号，你便会知道我告诉你的都是事实。’”

“三只海龟？”杰森问道，他记得他在拱道的门上见过这记号，就在那通往阿尔戈山庄底下的人工洞室的拱道上。

“你知道那记号吗，牙尖嘴利小朋友？你之前曾见过它吗？”

“只见过一次。”杰森承认见过。

“那么，你们比我幸运多了，因为我本人从没有见过它。我日复一日地四处找寻，疏忽了我作为索引员的职守，更令我的同事都厌憎我。不管事实如何，我找那房间只是为了向那男人证明……证明什么呢？证明我跟他一样出色？证明我是世上最伟大的探索者？我至今仍不知道为了证明什么。但是接着，我的时间便那样快地溜走了。我不分昼夜地搜索生命屋内那些无尽的走廊，直至绘下所有通道和每一条秘密楼梯，直至通晓屋里每一个角落和每一扇门。我对自己的失败充满了愤怒。”老人没有停下来，继续快速地述说他的故事，“多亏这些年来的搜索，以至我熟知生命屋就像熟知自己的手一样。但现在我双脚肿胀，每走一步，脚踝便痛得让我难以忍受，这些秘密对我来说，已无用了。哈！哈！现在只要我喜欢，任何时候我都可以派我的小厮进去……我可以派他们去任何地方，去每一条走廊，穿过那数以百计的通道……但我能确认它不在那儿，那就是‘不在那儿的房间’。”

“而那场火呢？它跟这个故事有什么关系？”杰森问道。

老店主把头垂下，就像那问题使他突然记起那个多年来纠缠着他的可怕负担。

“我最后一次进入收藏库时，我的身份仍是一个索引员，我深信我已解开了那个谜语。它在每一个人的嘴唇上，那男人曾这样说……而我找到了一件东西，是在每一个人的嘴唇上。天晓得是什么原因，我认为我所找到的，跟他所发现的，是同一件东西。因此，我跑进生命屋里，跑到我以为自己找到答案的地方去，我是一个多么可怜的笨蛋啊，哈！”那老人高声说，“我以为我知道该怎样做！我肯定我是对的，跟那谜底只有一步之遥了！”

他的声音突然带着不祥的意味：“我在生命屋内睡了一夜，等待破晓。然后我移动那些镜子，它们受到阳光的照耀……那些光束令蒲草纸燃烧起来。在第一张蒲草纸着火的那一刻，一阵邪风刮过来吹拨起那火焰，火灾就是这样蔓延开去的，从壁龛到壁龛，从卷轴到卷轴，从木桌到木桌。不一会儿，整个收藏区都烧着了，烧着了！”

当老人再次开口说话时，他的声音低沉得几乎听不到：“之后我被永远赶出生命屋，所以我在这里找了个栖身之所，建立起我自己的私人收藏库，用来服务那些像我一样爱梦想的傻瓜……”他的双眼又有了生气勃勃的神采，“……我很乐意帮忙搜索，当然，假如他们愿意付钱给我的话。”

随后是一阵长长的静默。

“那谜语……是什么？”瑞克问道。他终于恢复本色，而且看来比之前更有生气。

“哈！哈！”那老人嘟囔着，在他的宝座里挪动了一下，“宝石之心你正在倾听，可是你并不明白……那里根本没有谜语。而那里也没有‘不在那儿的房间’！”

“但你说那个找到它的男人……”瑞克说。

“他没有找到一个房间，因为那房间并不存在！”那老人咆哮起来，打断了瑞克的话，使得塔罗斯的绳索不禁一阵抖动。

“但你说那房间由一个谜语保护？那谜语在每一个人的嘴唇上……”瑞克坚持说，“而且以为自己已经找到它。快告诉我们吧，那谜语是什么？”

“或者你们太笨，无法明白，小家伙……那儿没有谜语！”

杰森从他的凳子上站起来：“如果是这样的话，我们只是在浪费你的时间。谢谢你跟我们说你的故事，我们会自己去阅读那蒲草纸。”

那老人发出一阵大笑：“那又能怎样啊？那蒲草纸连同其他关于‘不在那儿的房间’的参考数据，早已在火灾中烧成了灰烬……”

“那么，我们会到别处去找……”杰森反击说。

“……除了一个地方……”老店主狡猾地回应。

他开始慢慢地搔塔罗斯的头。

在阿尔戈山庄的花园里，曼弗雷德怒吼着，大声喊叫出一些恐吓的话语。朱莉娅掩住她的耳朵。“他为什么要叫嚣？我们跟他有什么关系？那男人是谁，内斯特？”

曼弗雷德像着了魔一样在屋外来回走动，寻找进门的方法。他重重地撞到厨房门上，又重击前门，狂敲柱廊的窗子。但是每一样东西都关得紧紧的。随着每一次的袭击，内斯特的愤怒也越来越强烈。

当曼弗雷德停止了尖叫后，情况反而变得难以判断了。

起初，他们并没有留意。但是，静默又持续了很久，朱莉娅便大胆猜想说："可能他已离开了！"

但她只要走到柱廊，看到他的车子仍泊在庭院里，便知道自己猜错了。

内斯特一个字也没有说。他不让朱莉娅离他太远，他像个影子般跟在她身后。他的双手僵直地垂在身旁，脸上硬生生地刻着愤怒的表情，这些情绪让他显得很脆弱。朱莉娅到阿尔戈山庄后，这是她第一次发现，其实内斯特是一个老人。

"你认为他在做什么？"她问道。

内斯特没有回答她，径直走上楼梯，拉开镜门走到塔楼上去。他走进塔楼房间，从每一扇窗户俯视花园的情况。

朱莉娅穿门过户地跟着他走。房间内，又或者是在阁楼上有些东西在吱吱作响。

她留意到有人在用木棍撬着加固塔楼窗户的破旧插锁。"那个男人是谁，内斯特？"她再一次以轻柔的声音问道。

"说来话长。"

"快告诉我吧。"

"现在不是时候，孩子……不……"

"告诉我吧。"朱莉娅坚持说。

风在塔楼的四周嚎叫，像是要把它卷走似的。

"那是一个错误。"内斯特说，"摩尔太太很久很久以前所犯下的一个错误，当时她希望将基穆尔科夫变得现代化一点。"

“现代化？杰森和我第一次到这里来时，我们觉得时间好像停留在了上一个世纪。”

内斯特痴痴地笑着，一拐一拐地离开塔楼，走到屋子的另一扇窗户前。“很抱歉令你失望。很不幸，我们处于现代社会，时间仍然在继续溜走。”

朱莉娅在她爸妈的睡房前追上了内斯特。内斯特拉开了百叶窗，目光在雨中搜视，等待灯塔所射出的光柱再次经过，好让他可以看得清楚一些。

朱莉娅凝视着这个被黑暗遮蔽的房间，努力地唤起对这房间格局布置的记忆：墙上那幅旧山水画反射出阳光照耀的金色。

“她犯了什么错误？”朱莉娅问道。

在内斯特决定关上百叶窗，回答她的问题之前，他在那儿望向窗外，多站了一会儿。“摩尔太太请人来这儿喝茶。摩尔先生认为这并不是一个很好的主意，但夫人……唉，夫人是一个那么守信用的人……在那次邀请以后，便再不能把他们从这房子里赶走了。”

朱莉娅点点头：“而外面那男人就是其中一个被邀请的人？”

“那司机，是的……但他只是一个可笑的小助手罢了，至少，我是这样认为……”

内斯特穿过房间，走到房子的另一边，从那儿俯视下面的情况。

“那么，他之前曾经到过这里？”

狂风怒号，夹着暴雨，更加肆无忌惮了。

“他来过好几次，但从未被准许进屋。他只是接送他的老板奥利维亚·牛顿。奥利维亚·牛顿来过一次，也仅仅是一次。之后便不许她再来了，永不。这都是出于相同的原因。”

朱莉娅走到内斯特身边，跟他一起看向外面。她突然明白了很多事情。

“我们会告诉爸爸和妈妈的，内斯特。不用担心。我们永远不会卖掉这幢房子。”

“说得好，我亲爱的孩子。说得好。”

花园里传来了打雷一样的巨响。

“工具棚……”内斯特喃喃地说，辨认出声音的来源，“他想要进工具棚去。”

第十五章

扁舟之乡的邮递小子

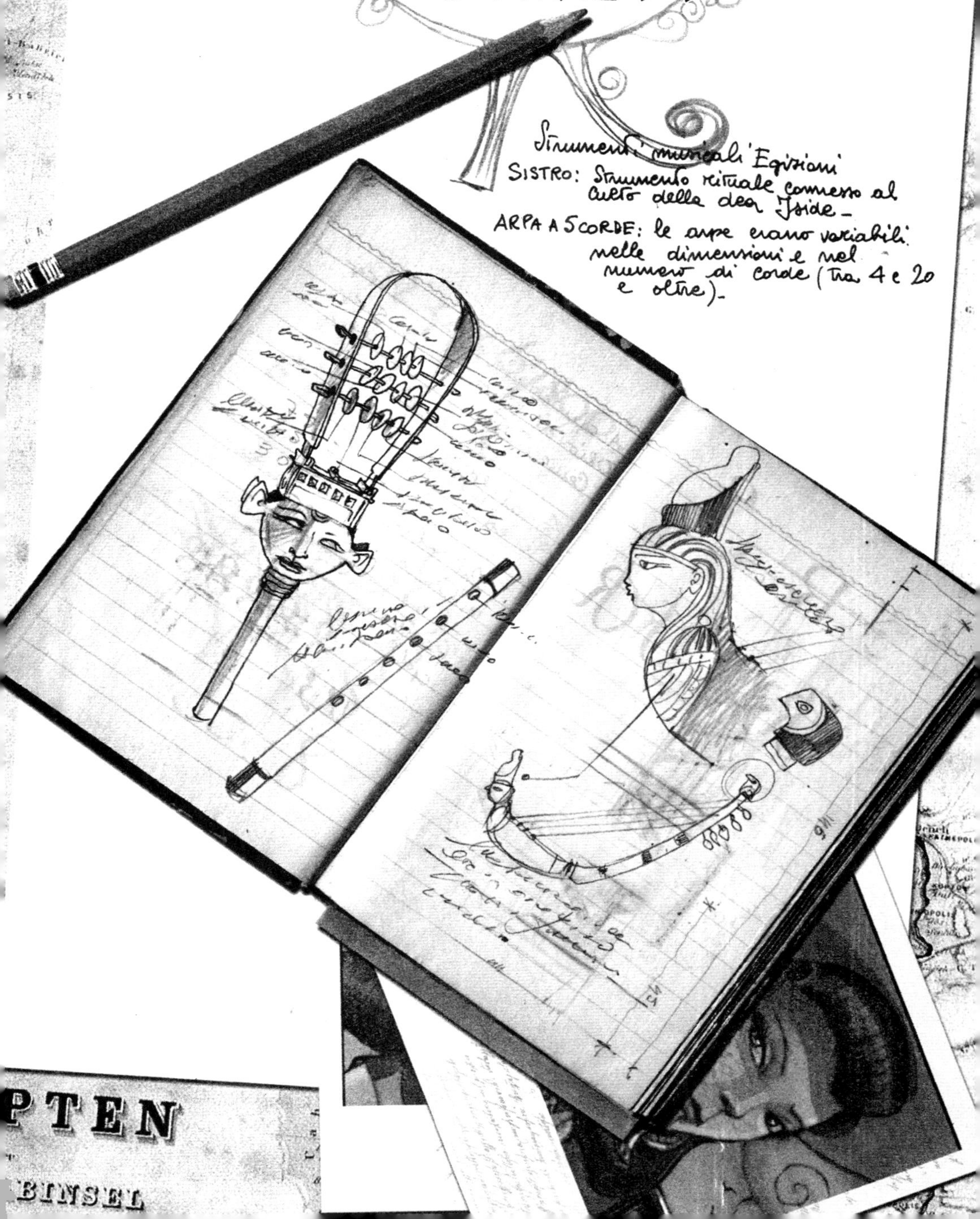

离开“失落已久的地图之店”，瑞克便大叫说：“杰森，我们不能这样做！”

听到瑞克的叫喊，杰森不再看尤利西斯·摩尔日记上的那幅扁舟之乡地图。“为什么你不停止你的唠叨，改为帮我一起看地图呢？我真想不明白！如果你累的话，我愿意背上这个笨包袱。”

“就是这么凑巧，这个‘笨包袱’里载着我们从基穆尔科夫带来这儿的所有东西。如果我们继续这样下去，它们就会是我们剩下的唯一财产。事实上，在几千年后，很可能会有个考古学家从沙漠里把这东西掘出来，而他会非常费解，这东西为什么会出现在这里！”

杰森被激怒了。“噢，不要尽往烦心事上想！你的举动跟我妹妹一样。”

“或者是因为你妹妹比较有常识吧！”

“但我们是双胞胎啊！”

“那又如何？”

“我们接受的教育是一模一样的。”

“那么，这一定是因为你有很多常识还没有动用吧？”瑞克咆哮说，将背包挂在两肩上，又伸手下去腰间，检查那系在他腰带上的包裹。

“很好，等我见到妹妹的时候，一定会告诉她……”

“你敢！杰森！”瑞克大叫，掏出尤利西斯的日记。

“你小心照顾包裹里面的东西！你听到那老人跟我们说的话了吧？”

“当然。他说：‘哈！哈！’然后便向着那水盆似的东西里吐痰！”瑞克研究那日记上的绘图，然后不安地四处张望。那些男男女女穿着颜色鲜艳的衣服，从他们身边经过，甚至没空望他们一眼。广场中央立着一座方尖石塔，说明这是四条泥路的十字路口，中间是引水道。“你认为我们现在在哪儿呢？”

“哈！哈！”杰森回答。

瑞克本想装作若无其事，但他却发现自己在笑。当他的急躁一扫而空后，便开始四处走动，活动双脚。

“哈！哈！塔罗斯，来这儿！或者我们有一件差事可交给这两个小家伙。”瑞克学着老人的口吻说。

“哈！”

两个男孩子爆出一阵哄笑，然后瑞克将日记放好：“如果这就是图中的方尖石塔，港口便应该在那条路下面。”

原来他们跟店里的老人定了一个十分简单的协议：他们为他送两件货，而他则会向他们透露，关于‘不在那儿的房间’残存的唯一线索。

“只是送两次货罢了，就是这样。你们可以保留那些小费，而且不会花你们太多时间。哈！哈！就是这样……如果你们真的是两个从扁舟之乡来的男孩，就不会拒绝。”

男孩们接受了这个任务，他们现在拿着两个皮革包裹，里面装着相同数量的地图。第一个包裹要送到一个船长那儿，他那艘从腓尼基来的船正要出航去迈锡尼；第二个包裹是送给一个塞穆的，塞穆即是医生，他正筹划一次远行，为他的治疗工作找寻新的药物。

港口并不难找。往方尖石塔的东边走，扁舟之乡朝着码头和货物装卸区倾斜下去，比邻波光点点的尼罗河。当他们经过那些用粗糙砖头搭建而成的屋子，还有公牛拖拉着的木头车后，空气变得更加清爽新鲜。经过炽热炎炎的一天，太阳开始慢慢落下，凉快的阵阵微风从岸边吹来，这微风令杰森产生了怀疑。

“它是咸的。”他快步走到瑞克旁边说，“它不应该是咸的。”

瑞克没有回应，他正在努力判断他们走的方向是否正确。

"你说得对，这是海水……"当他们到达前滩的时候，瑞克终于回应说。

于是，他们终于发现扁舟之乡并不是位于尼罗河边，而是在红海之滨。

那艘从腓尼基来的船，那锥形的船身和船首，让两个男孩觉得这是墨提斯号的纤细版。这是他们第一个包裹的派送目的地。船长是一个黑头发的黎巴嫩人，他的脸被太阳晒成了棕褐色，正以亲切的呼唤来欢迎他们。

"这样看来，你们两个是那家店的新跑腿儿！呵，那么，那个老店主修补好了我的航海图没有？"

瑞克将那卷蒲草纸递给他。"它是一艘漂亮的船，先生。"他以专家的眼光看着那些桅杆和船桨说。

"你要出航到哪里去？"杰森问他说。

"迈锡尼的港口，沿海岸航行，在……"那男人在他们脚前展开那蒲草纸卷轴，惊叹道，"精美极了……精美极了……手工一流。"

他从袋里掏出一把德本，交到两个男孩手中。

不一会儿，那些钱币便被他们拿去换了未经发酵的面包、热烫的羊肉、香料、蔬菜和从红海捉来的鲜鱼肉串。

杰森和瑞克容许自己稍作休息，闲逛着离开了码头。他们一边狼吞虎咽地吃下他们的食物，一边观看那用长长的木杆操纵的独木舟，并欣赏着法老那停泊在港口正中央的金色船队。

那鲜美多汁的食物，是他们生平所吃的食物之中最为美味的了。

可是不一会儿，他们的喉咙就十分干渴。他们走回方尖石塔那儿，朝医生的住所进发。

瑞克发觉在扁舟之乡附近找路并不困难。在每一个十字路口，都能见到生命屋那巨大的墙垣。位于生命屋反方向的海也是一样，每一条路都是互相垂直的，最大的街道将房屋划分成不同的区域。较小一点的房子是属于泥瓦工匠和建筑工匠的，那些延展到城边的矮房子是属于农夫的，而那些最宏伟的，有两至三层高的房子，则属于政府官员、祭司，当然，还有——医生。

就在他们寻找收件者的途中，恰巧碰到了一群人，这群人围着两个乐师，正在看他们表演《一对恋人的情歌》。其中一个乐师的脸涂成了白色，手里拨弄着一个弦乐器，还不时吹奏那支音色悲凉的木笛；而另一个乐师则穿着全黑的衣服，脸上抹了黑泥，热情地摇动小手鼓和锡碟，时不时地也抖动一下叉铃。

杰森和瑞克听了几节后，就辨认出这就是两个恋人在生命屋内失散的传说。

“我永远都不能明白，为什么恋人情歌总是那么富于戏剧性……”当他们离开人群之后，杰森谈论说，“如果两个恋人其中一个没有死掉，根本就不会有人听他们的故事。”

瑞克没有回应。当他的爸爸在海上失踪后，他妈妈为此有多痛苦，他是十分清楚的。而且，他也不想去听这首美丽的情歌，而只想早些完成手上的差事。

因为看到人们排成一线地坐在外院，他们便认出这是塞穆的房子了。男女老幼全都耐心地等候，等待医生为他们检查或治疗。

说明他们信差的身份后，瑞克和杰森越过所有等候的人，进到屋里去。

映入他们眼帘的，是一个弥漫着芳香的房间，房内放满了注满水的浴盆，分别由两个剃光了头的男孩看守着。那里有一排不同种类的植物，还有一列分层摆放、装满粉末的器皿。用象形文字写成的标签上写着它们的名字：明矾、铜、氧化铁、钙、碳酸钠、重碳酸盐、硫黄、砒霜、炭。在其他器皿里面的是发酵啤酒、蜜糖、脊髓和液化黏土。

那医生是一个有着胖嘟嘟的脸庞，而且脸色红润的男人。他正在为一个皮肤擦伤了的女士预备药膏。当他看见他们两个进来时，便立即认出杰森手上拿的那张蒲草纸。

他完全忘记了那个女人和她的伤口，大声喊叫说："地图！地图！我还以为永远都不能把它拿到这里来了！"

他从杰森手里抢去地图，甚至不耐烦地看了他们一眼，便开始热切地阅读起来。

杰森清清喉咙，直至他找到机会打断医生的自言自语。

"听说应该会收到派送的小费……"

"小费？"那医生唾沫横飞地说，脸色更为赤红，"为了一张不完全……而且还送迟了的地图付小费？我没有打你一身青，你便应该知足了！现在给我滚！"

他们两人夺门而出。但一到了外面，杰森便叫所有在外面排队的人赶快进去，因为医生决定给他们免费诊治。

"我们真的要坐上那……那东西吗？"奥利维亚·牛顿强忍着颤抖，问道。

那个地下人领他们到了一个类似深坑的地方，那深坑笔直地深入地下，他们甚至看不见坑底。深坑的两边是数以百计的走廊，走廊之间以滑车、倾侧的滑板，以及用木板和绳索扎成的搬运货车连接起来，一个系着另一个，全都悬浮在那像丛林一样的绳缆网络里。

奥利维亚和她的向导站在一个类似木质手推车的东西前面。那是一个比下水道出入孔盖子稍大一点的平台，有四条绳索系着。

“是……是的，我们要用它。”地下人说着，便邀请那女人爬进手推车里。那四条绑着车子的绳索，垂向深坑之下，伸延到另一端的隧道里去，那条隧道肯定比他们的来路更为漆黑。“你所……所找的东西在那边，在另一……一边。但是，如要用运输……轮机，你一定要给运输……输费。”

奥利维亚看见那年轻埃及男人朝她坏笑。“我会让你一个人过去，这样做，你便可以多省一点钱了。”

“好。非常好……”她冷笑说，随即要掏几个德本出来。她还没有将钱币掏出口袋，那个地下人便已抢去了那些钱币，他的动作就似壁虎捕虫那么精准而又快速。

“是……是的……现在你可以进入运输……输机了。”

奥利维亚将脚尖踏到那木板上，那手推车便立即吱吱作响，而且严重倾侧，真是险象环生，就像已准备好要掉到那漆黑的深渊下面去。“你一定是在开玩笑！这东西怎么可能承载得了我？”

“不是……是的，它能载……载得起你的。抓住那根绳……绳。”那地下人低声说。

奥利维亚抓住了一条类似主绳缆的东西，慎重地扯了扯，看看它有多牢固。

“现在，我们起程了。”那地下人宣布说，一把将奥利维亚推到手推车上去。

甚至没有给她尖叫的时间，地下人就已跳到她身旁的木板上，将阻塞去路的东西推进了坑里。那手推车发出“嘎吱嘎吱”的声音，车身倾侧着，十分笨拙地滑了下去。主绳缆却奇迹般地没有折断。不多久，奥利维亚便发现自己已到了深坑的另一边——一条里面几乎完全漆黑的隧道里。

渐渐地，她的双眼开始适应了那黑暗的环境。隧道里放满了土制的罐子。

地下人使劲嗅嗅四周的味道，穿过两个巨大花瓶的中间。“跟我来，如果你想的话……”他说，“但要小心你的脚下。”

在跟他走进隧道之前，奥利维亚回头一看。她那年轻的向导在深坑的另一边，正嘲弄地向她挥手。她下定决心，不能让他因看见她的惊惧而感到满足，她转身迎向那黑洞洞的隧道，迈出满有信心的第一步，要跟地下人走。

但当她的脚板踏到地上时，她踩到一些会蠕动的东西，那东西在她光着的脚丫下奔逃、尖叫。

奥利维亚·牛顿拼命地尝试找出尖叫的气力，但她连一个字也喊不出来。她呆呆地单脚站在那儿，就像一只火烈鸟。

“不用怕。”地下人在她数米之外的黑暗中说，“这儿的老鼠都很小……小……如果你慢……慢走，它们会自己逃开的。但是蜘……蜘蛛却不太会逃。你踩……踩扁它们就是了。”

“我……”奥利维亚无语，她开始听到周围那数以千计的小足爪在令人焦躁地狂乱舞动。

“可怜的小生物。被封锁……锁在这里，它们常常都要找些……找些能吃的……”地下人继续说下去，“但它们并不危……危险！”

“我……我想立即离开这个恐怖的地洞！”奥利维亚·牛顿结结巴巴地说。

地下人举起一个打开了盖的罐子大叫道：“这儿！我想我找到了一些……一些东西！”

但奥利维亚已昏倒在地上，不省人事。

当她再次张开眼睛时，所做的第一件事便是跳起，确定那儿没有老鼠在啮噬她的衣服。她环顾四周，发觉自己已被带回到那起初的隧道，那里有一盏葱麻油灯亮着。

那年轻的埃及男人站在她面前，而那地下人则在数钱币。

“一切都好吗？”

奥利维亚试着镇定下来：“不，一点儿都不好！我不能忍受老鼠！”

“可怜的小生物……”那地下人低声说着走到她身边，“可怜的小生物。”

奥利维亚·牛顿摇摇头，想要摆脱掉她刚才所经历过的恐怖历程的记忆……然后她伸手在衣袋里一摸，发现原来自己已身无分文。

“是……是啊……”那地下人预料到她会问什么，便“嘶嘶”地说，“你已付了回程的费用……那对你很有用处，不是吗？”他将一个又大又黑的包裹递给她，上面用红色的墨水潦草地写着一串象形文字。

“来源地：基穆尔科夫。”奥利维亚读出包裹上的文字。

她睁大了眼睛，看着那正在搔他那鸭梨形脑袋的地下人。

“我知道掩埋品档案室里放了些……放了些东西。”

奥利维亚热切地打开那个包裹，包裹表面扬起了一片小小的灰尘，里面有一个小小薄薄的纸制品，那是一张名片。

“这是你要找的东西吗？”那年轻男人问她。

奥利维亚·牛顿翻转那张名片，它的背后烧焦了。

“不！”她大发雷霆，“这根本就不是我要找的东西！我可怜巴巴地走到这地底下来找什么？这可恶的小名片吗！我不用千辛万苦来到埃及，就早知道格温达琳的地址！”

那地下人悲伤地垂下头。

“无……无论如何，这就是档案室里所有的东西了……”

档案室里就只有这东西？一张理发师的名片？奥利维亚握紧了拳头，双眼里充满了愤怒。为什么她认为自己应该在这地洞下找到基穆尔科夫的地图？她成了这样的一个傻瓜！这张名片只不过更进一步证明摩尔先生和太太经常拜访生命屋，以及屋内最深入、最漆黑的走廊罢了。命运跟她玩了场残酷的恶作剧。

奥利维亚转身找她的向导。

“我们离开这儿！立刻！”她大叫，“我要跟你的老板谈谈！现在！”

第十六章

最后的线索

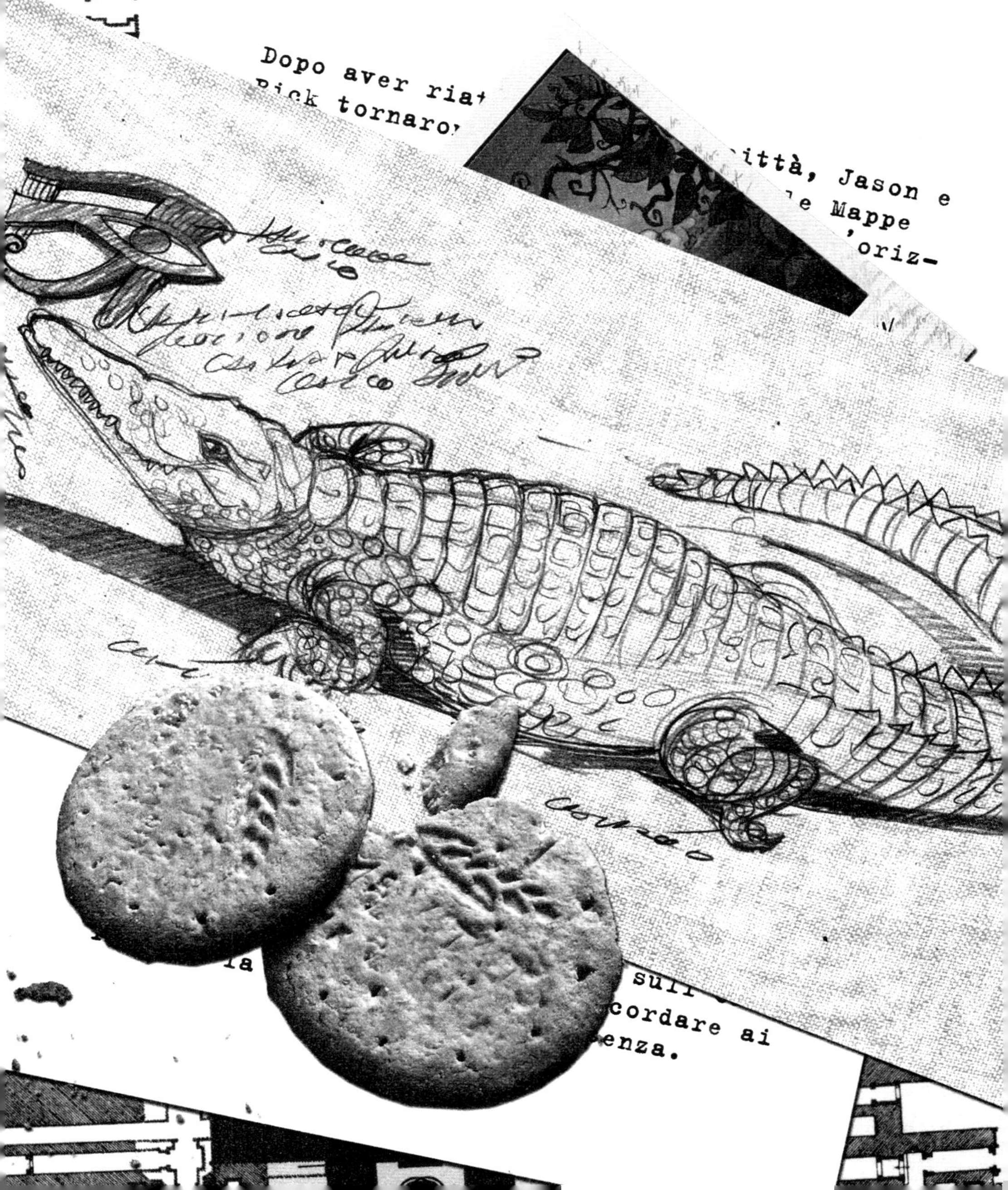
Dopo aver riat
Rick tornaro
città, Jason e
e Mappe
,oriz-
sull
cordare ai
enza.

地图店的老店主终于肯向杰森他们提供一些线索，他告诉孩子们谜语就在那首《一对恋人的情歌》的最后一节歌词中……

杰森和瑞克回到城的另一边，重回“失落已久的地图之店”。太阳已沿地平线缓缓坠下，店里比今天下午时更为幽暗。

那老人坐在同一个地方，正等待着他们。在他旁边纹风不动的，是塔罗斯。糅合了不同味道的气息在空中飘荡：腐烂的、芳香的和浓烈的甜香味，瑞克分不清那是些什么气味。

杰森说明他们已完成了送递的工作，现在是那老人兑现他承诺的时候了。老人作了一个深呼吸，在他的宝座上慌张地扭动身子。很明显，他对于这两个男孩这么快便完成了他们的差事，感到既惊奇又不满。

“哈！牙尖嘴利小子说得对。我应该告诉你们的。你们想知道什么？”

“我们只想知道你答应了要告诉我们的事情——那追寻‘不在那儿的房间’的线索。”

那老人清清喉咙，向水盆响响地吐出一口痰。“哈！你仍然深信你的地图藏在里面吗？”

“是的，我们深信是这样。”

“而你从来没有想过，我很可能为了叫你替我送那些地图而骗你们？你从来没有想过，这个可鄙的老人……哈！很可能在戏弄你们？你知道我是怎样做交易的。”

“我曾闪过这样的念头。”杰森回答，“但我们也知道，这线索对你已无用处，因为你太老了，不能亲自去寻找那个房间；而且你也懒得去告诉那些替你工作的小厮。”

“哈！说得好，牙尖嘴利小子……”塔罗斯使劲摆动它的尾巴，提醒瑞克和杰森，它是极具危险性的。“你们真是两个奇怪的小家伙。你们认为我没有亲自前往那房间的体力，这想法没错。而且，我已保守这个秘密好久了……它现在对我已没有任何用处。你们知道那首《一对恋人的情歌》吗？”

杰森和瑞克点点头。他们在城里走动，还未到达医生家之前，途中曾听到过其中的一些段落。

“自然……”那老人继续说，“在扁舟之乡里，每一个人都知道这首歌。它挂在每一个人的唇上。唔，我认为那谜语可在那首歌的最后一节找到。哈！但是要小心……”

那老人还没有说完他的话，两个男孩便匆忙地挥手作别，他们拨开门廊的帘子，消失于市集之中。

“小心……因为相信那节歌词就是追寻的线索，所以我才在收藏库里弄出火灾来……”地图店的老店主说道，声音里还透着丝丝的伤感。

前门门帘才刚刚落下，店子另一边的门帘便被掀起。藏在那门帘后面的，是一个小小的房间，有两个人从那里钻了出来。

“咳！咳！那儿真的臭气熏天，就是那后面！”奥利维亚抗议说。

那老人的脸变回他平常的一贯表情——残酷而冷嘲热讽。“听到那话儿吗，塔罗斯？”他用他那嘶哑的声音说着，同时抚摸鳄鱼两眼间的皮肤，“站在这儿的那位女士并不把你的睡房放在眼里……”

奥利维亚·牛顿朝前门走去，慎重地掀起了门帘，深深吸了一口气：“啊，空气！”她用手背拍了拍自己的嘴巴。

当她转身回来时，塔罗斯不安地抽动着尾巴。

“哈！我建议你不要再向我多走近一步。”老店主警告她说，“你看到那两个孩子了？”

奥利维亚点点头。

“怎样？”

“就是他们。但他们应该有三个人的。其中一个不见了……一个小女孩。就是那年纪小一点的男孩的双胞胎妹妹。”

“那牙尖嘴利有个双胞胎妹妹……哈！”老店主大笑起来。

“你说的‘牙尖嘴利’是什么东西？他的名字是杰森。杰森·科文德。而另一个……那是瑞克·班纳，镇上一个乳臭未干的小子，是个渔夫的儿子。”

“管好你的嘴巴，女祭司！”那老人警告说，“我和塔罗斯两个都是渔夫的儿子！对不对，塔罗斯？”

塔罗斯露出它的牙齿，一次又一次地挥动它那重重的尾巴敲击着地面。

“他们就是从我鼻子底下将地图偷走的人！”奥利维亚控诉说。

“我不会这样说……”跟她做伴的年轻男人说，“从我们所听到的来看，他们自己好像也仍在找那幅地图。”

“没有人问你的意见！”

“哈！哈！”那老人在他那铺了垫子的宝座上欣赏着这出好戏，并且评论说，“一个歇斯底里的女祭司和一个年轻男人，尝试装腔作势……再发展下去，今天一定会变成今年里最有趣的一天，塔罗斯……”

他让他们多争论了一会儿，然后双手鼓掌打断了他们的争吵：“你们两个所需要的，是保持安静。还有，很明显的，那就是给这位女士一双鞋子，如果你想跟踪那两个小家伙的话……牙尖嘴利和宝石之心深信那幅地图在‘不在那儿的房间’里面。而他们刚刚离开去找它了。”

奥利维亚反感地斜视着他：“你想告诉我，你给他们的线索是真实有效的吗？”

那老人在他的宝座上扭扭身子：“哈！哈！我向上下埃及所有神明发誓，那些外地人不懂得象形文字！我怎样才能跟你们说清楚呢？没有有效的线索，因为那个‘不在那儿的房间’根本就不存在！”

第十七章

《一对恋人的情歌》

玛鲁克高叫说："我当然肯定啦！那只是一首歌，没有其他的了。"他们又聚在一起，围坐在喷泉旁边。在那儿，他们可以监视访客之家的储物室的动静，也能看到生命屋，如果朱莉娅或者玛鲁克的爸爸现身，他们都能看到。

当瑞克和杰森在做他们的派递工作时，玛鲁克下到储物室去，确定没有人移动过他们用来遮盖墙洞的木板。而现在，她则坚决否定那老人给他们的线索能帮他们找到些什么。

"但是，是你自己告诉我们，说从来没有人探索过整个收藏库的。那儿有成千上万的走廊，那么，为什么就不能再有一个'不在那儿的房间'在那里？"

"精确一点儿来说，"瑞克在他的笔记簿上作了一连串的运算之后，指出，"在那些墙之内，应该有一万六千零四十八条走廊，或二十二个收藏区乘以二十二个房间乘以二十二条走廊……那意味着，我们需要去探索……"

"不提那些秘密通道，"杰森不理他，"那老人说他认得其中几百条甚至几千条走廊！那些墙一定是在不同时期建成的，而每一个首席建筑师都一定藏起了他自己的小秘密：一个壁龛、一条额外的楼梯……"

"这是有可能的……"玛鲁克承认。

"五十五万三千六百九十六个壁龛！即使我们在每个壁龛上都只花一分钟时间……"瑞克继续运算下去。

"唔？为什么你不相信我们呢？"

玛鲁克笑了，用手指摆弄着她的辫子，说："我们所需要做的，就只是跟我爸爸谈一谈，肯定那个'不在那儿的房间'并不存在。而且，无论如何，我也不能相信，要找出那房间的唯一方法，就是阅读那首《一对恋人的情歌》。那个将这些事情告诉你的老人，他是个贼，这是一个最糟糕的事实。如果你对收藏库的某一个职员提起他的名字，那人肯定会画何露斯（古埃及的太阳神）的记号来挡住霉运。你完全不知道他的履历！他是那邪恶的索引员，也是令整个收藏区的文件毁于大火的人！他是怪物，还亏得他的人脉网络，以及他所知道的秘密，他才可以避过被判处死刑的厄运，到生命屋外开设自己的店子。然后，实在抱歉，无论如何，这怎么可能呢？我指的是，那不过是一首歌罢了！如要说它比其他歌多些什么的话，那就是它是一首人尽皆知的歌！”

“有时候，将东西藏起来的最佳方法，就是将它放在众人的眼前！”

“有系统地寻找‘不在那儿的房间’，那得花上我们七百六十八天时间，这只是就墙垣内的主要收藏区而言。”瑞克叫道，他将笔掷出。之后，他注意到玛鲁克和杰森脸上那为难的神情，他补充说：“那么，你们两位认为如何？”

“那首《一对恋人的情歌》，”玛鲁克解释说，“是关于两个人的，有一天，他们为了寻找生命的意义，而决定搜索生命屋。但是，在他们开始搜索的那一刻，那男人转入一条走廊，而那女人转入了另一条走廊。从那时开始，他们两人四处徘徊，但却再也没有遇上对方……”

“那即是说，人们是不能找到生命的意义的。”杰森总结道。

“又或者，那是说人们是不能单靠自己的力量找到生命的意义。”瑞克更正他说，“无论如何，那首情歌是怎样结束的？”

“那个男人和女人，他们两个都深信，在不久或稍后，他们会找到一个地方。在那里，他们会重逢，会为他们永恒的追寻画上圆满的句号。那地方就是：‘不在那儿的房间’。”

杰森望着瑞克说：“你猜对了。”

“但是那首情歌结束时，并没有说这两个恋人有没有找到那个房间。”

“那是因为它是一首情歌。”杰森坦率地说，“无论如何，我深信那个房间是真实存在的。而在里面……有人将我们和奥利维亚·牛顿都在找寻的地图藏了起来。”

“这样很好，”玛鲁克说，“但我仍然认为你是错的。”

玛鲁克去找她的音乐老师，问他要那首情歌歌词的准确抄本。杰森和瑞克在花园里溜达，消磨时间。

大律法师的女儿并没有要他们等很久。

她回来后，跪在他们的旁边，在地上展开了一张长长的纸。“据我的音乐老师说，这是《一对恋人的情歌》最古老、最精确的版本。”

三双眼睛立即将目光投到最后一节歌词上，它是这样写的：

穿过崇高之光所制成的门帘而到达，
我们的房间，以一条共同的振动之钥开启，
就在那儿，于一致的时间，我们将要相遇，
长久以来，恋人追逐恋人，直到永永远远。

“他在做什么？”内斯特问朱莉娅，他信任她那双比较年轻的眼睛。

他们两个去了一间接近二楼客房的小睡房，那儿有整座房子里唯一一个可以看到工具棚的窗户。

“他没有设法进去。”朱莉娅响应，“我想他可能放弃了。他连走也走不稳，而且还浑身湿透。”

曼弗雷德向着阿尔戈山庄上了闩的窗户挥舞拳头，而且怒吼道："我很快便会进来！你等着瞧吧！"随后，他跑开了，从窗子里再也看不到他。

朱莉娅和内斯特为了能继续从楼上监视他的情况，便转了好几个房间。

"我看不见他在哪里……"朱莉娅低声说。

就在那时，他们听到厨房门受到两下"砰砰"的撞击声。

"至少我们可以判断他的行踪……"内斯特设法让气氛变得轻松些，他看了朱莉娅好一会儿，然后满意地微笑说，"你是个聪明的女孩，你知道吗？"

"是的。"她回应着，又再一次窥视外面。

曼弗雷德再一次查看地下的所有门锁，然后躲进车子内避雨。朱莉娅和内斯特从二楼看到车厢里的灯亮了。

"也许他已放弃，打算离开了。"女孩喃喃地说。

曼弗雷德扭开了收音机，将那摇滚音乐以最大的音量播出。

"也许他正准备离开……"朱莉娅满怀希望地重复说。

车厢内的灯又闪了一次，大概是几秒吧，然后立即熄灭了。

"他从另一边车门爬了出来，"内斯特说，"但他想让我们以为他仍在车里。"

"为什么？他想做什么？"

在花园的另一边，是接待所，也是内斯特居住的地方。

当朱莉娅转过身来后，她看到内斯特已离开了窗边。

"内斯特，你到哪里去？"她大声呼叫，内斯特并没有回答。

朱莉娅跟着他飞快地跑下楼梯，越过电话间、客厅、厨房，在通向外边的门前停了下来。

“不要去那里！”朱莉娅恳求说，“不要留我一个人在这里。”

内斯特指着她，命令道：“不论发生什么事，不论你从窗户那里看到什么……都不要出来！他进不了这里的，你明白吗？但他可以进入那儿……我不能让他这样做。朱莉娅……你是一个聪明的女孩子，我知道我可以信赖你。瑞克和你的哥哥需要你留在这幢房子里……也需要你阻止那无赖碰那扇神秘大门。”

“不要留下我一个人孤零零地在这里！”

内斯特扫视厨房，孩子们晚餐用过的脏碟子仍堆在洗涤盆里。

他迅速转过了身。

“你并不是孤零零一个人。”

接着，他打开了厨房的门，消失于暴风雨之中。

朱莉娅赶快关上了门，并且上好了锁，跑回二楼的窗子前面。

“妈妈！杰森！瑞克！”她一边急促地低语，一边爬上那挂了肖像的楼梯。

“爸爸！杰森！瑞克！”在整整一段漆黑的走廊里，她一直在念叨着。

她停在通向客厅的门廊下。

灯塔上射出的光柱照亮了花园。

有人在那儿，正在跑。

第十八章

牙尖嘴利和宝石之心

哪两个东西会在相同的时间相遇?

歌词中的恋人指的是谁呢?

孩子们努力地推测，他们似乎正一步步接近真相……

杰森一边重读那首《一对恋人的情歌》的最后一节歌词，一边叹息着说:“好吧，瑞克。这东西全靠你了。”

瑞克睁大眼睛盯着他说:“为什么?”

“你是善于动脑筋的人呀。我可以负责与直觉、敢于冒险和一击即中的好运气相关的一类事情。但一旦遇到要推敲的事情……那么，就是你的工作了。”他转身对玛鲁克补充说，“这只需花他一分钟时间，你待会儿便知。”

“杰森，快别这样说！”瑞克紧抓住他不放，“至少也尝试给我一点帮助啊，你会吧?”

“这节歌词在你看来有没有什么意义?”杰森问玛鲁克，“你在生命屋里有没有听过任何相关的东西，又或者……我不知道……扁舟之乡里一些其他的传说?请你细心地想想……”

玛鲁克把那节歌词又重读了几遍，但最终还是摇摇头:“到目前为止，我没有想到些什么。”

“可是，”杰森说，“这节歌词肯定解释了如何去那房间的方法。”

“如果真是这样的话……”瑞克低声说，“那么，它一定要说出那地方的位置，以及从另外的某处出发，可以怎样到那儿。”

“对。”

“它其实并没有要求你什么时候到那儿……”玛鲁克指出，“事实上，就是这里说的‘于一致的时间’。”

“要一致，”杰森重复说，“便是要在相同的时间发生，或完美地互相配合。什么东西是一致的呢？”

“火车时间表。”瑞克说。

“拼图块，合十的手指。”

“上颚的牙齿和下颚的牙齿……唔……至少大部分都是！”玛鲁克哈哈地傻笑。

“一致的东西……”杰森绞尽脑汁。

“不对。”瑞克立即停止他的推想，“要一致的话，你至少需要两件东西。当这两件东西完全同步的时候，它们便是一致的了。在时间的某一点，单凭一件东西，自己是不能跟自己一致的……”

“对。我们已经有两个恋人，而他们会在一致的时间相遇，也就是当那两件东西集合起来的时候。”杰森总结说。

“我们快猜出来了！”玛鲁克欢呼说，只是，他们很快便发觉他们的推理对他们并没有多大帮助。

那三个孩子继续一遍又一遍地读那节歌词。瑞克也不嫌麻烦地浏览整首歌，但他并没有找到任何有用的线索。

“那房间是没有门的，”过了一会儿杰森说，“这里说，它有一幅用光制成的门帘……而如果那儿有门帘，便不会有门了，就像‘失落已久的地图之店’。当你经过门帘，你便已在房间里面了。所以，那房间是没有门的。我们所要做的，只是找到那个房间……在晚上。”

“那门帘会不会就是一束日光？或者那房间是幽暗的，而那光只照及入口处。”

“或者正相反。歌词说‘崇高之光’。崇高，可以代表完全或绝对的意思。”

“它也代表庄严。”

“对呀，就像在神殿里。”

“一些崇高的东西，也可以是高高的或被提高的东西，就像从天花板上洒下来的光，可能是这样吧。”

他们静静地坐在那儿，每个人都陷入沉思之中。

然后，玛鲁克问道：“但如果它没有房门的话，为什么我们需要一把钥匙呢？”

“那儿没有门，但却有一把钥匙……而且是振动的……”

“一把鲜艳又色彩缤纷的钥匙？”

“又或者是音色清晰的。”

“它可能是指钢琴的钥匙。”杰森猜想。

“很不幸，钢琴甚至大键琴都要在几个世纪后才面世……不，那‘振动之钥’一定是某一类钥匙。”

“真有趣，我们总是四处找钥匙和门……”杰森对着瑞克咧嘴而笑。

在数次尝试之后，玛鲁克站起来伸伸懒腰：“朋友，我想得太累了！我建议我们休息一下。还有，现在已差不多日落了，这里的气温很快便会转凉。”

“你说什么？”杰森心里一惊。

“这里很快便会转凉。”瑞克替玛鲁克回答说，“在沙漠地区，昼夜的气温相差很远。”

“这就是那一致的时间了！我知道了！”杰森欢呼说，“为什么我们之前没有想到呢？”

瑞克和玛鲁克交换了一个困惑的眼神。“你不介意跟我们两个说明一下吧？”

“它是那么的明显！我们一直将歌词里的两个恋人假想为一男一女。但是，尝试完全脱离上下文去看看那些歌词，不要想他们是有血有肉的两个恋人……想想他们是一些不同的东西，像是太阳和月亮，又或者太阳和地球。”

瑞克被他的想法吓呆了。

“那两个永恒的恋人，他们永远不能相见。‘长久以来，恋人追逐恋人，直到永永远远！’”

“它们不会是太阳和月亮，因为那应该是阿蒙·瑞神和透特神。而它们也不会是太阳和地球。因为地球是格比神……”玛鲁克一边说着，一边努力地推想。

“那么，有两个恋人可能是合适的人选：代表地球的格比神和代表天空的纳特神。”

“如果是这样的话。”杰森大声地质疑说，“那么，他们什么时候是一致的呢？什么时候我们可以找到‘不在那儿的房间’呢？”

“日出！”玛鲁克大叫。

“或者日落。”瑞克指出，“那节歌词没有说，但‘失落已久的地图之店’的老人已经告诉了我们。你还记得他的故事吗，杰森？他说他在生命屋里睡了一夜，然后他移动那些镜子……”

“在破晓时分……”杰森低声说。

“他以为他在破晓时找到了那以光制成的门帘，但他错了。那阳光令蒲草纸着火了，酿成了收藏库的火灾。那即是说，一致的时间并不是日出，而是日落。那即是……很快便到了。

“很快便到……哪里？”玛鲁克问道。

他们只可从一个地方开始搜寻“不在那儿的房间”，那就是“失落已久的地图之店”的老人所找到，但那次试验却没有成功的地方：被废置的走廊。

杰森和瑞克兴奋地望向玛鲁克，她是唯一能将他们带去那里的人。

第十九章

被弃置的走廊

Questa statua rappresenta
Iside. La cosa strana
è che anche questa
statua non esiste più.
Quindi questa foto deve
essere stata scattata da
Ulysses nel passato, quando
la statua esisteva ancora
?

那开向被废置的走廊的门，向他们展开了一个又大又空洞的房间。那“嘎吱嘎吱”的声音在暗暗刺鼻的空气中回响。

“已有很多年没人来过这儿了。”玛鲁克在门口停下来，说，“基本上，自从发生了那次火灾之后……”

一阵怪异的沉默围绕着他们，孩子们犹犹豫豫地向前走了几步。他们能感觉到围绕在他们身边的不祥之兆：那满溢了痛苦、灰尘、灾祸的长久被遗忘的走廊。墙身和天花板布满了黑色条纹，看来像是巨大的瘦骨嶙峋的脚爪。那曾经装饰着这房间的神像，现在变成了令人恐惧的扭曲影像。它们那动物的脸庞，曾是那样的高贵孤傲，现在却忧郁落寞。那扇能够让人尽览生命屋内庭景色的大窗户，看来并不能给这房间添上一点安慰，就像它的空气完全静止凝住不动，不能找到出口似的。

瑞克翻开《失传语言大字典》，而杰森则点亮一盏灯，窥视那离他们最近的走廊。走廊两旁那些黑色的壁龛列成长长的队伍，真是令人不寒而栗的景象。

“我们好像走进了一个地下公墓，又或者陵寝……”杰森说着，努力逼自己不要去想无数漫画书里的情节：一只瘦骨嶙峋的骷髅爪，在这种地方的阴暗处，突然伸出……

玛鲁克仍然站在门口那儿，还没有决定是不是要进去。

她曾经想过，被废置的走廊是一个被禁足的地方，那儿除了灰尘、黑暗和毁灭之外，便一无所有。

“你来还是不来？”杰森发觉她是如此不安，便问她。

“我不知道我能不能走过这一段路。”她说，“今天，我已违反了生命屋的每一条守则，而它们都是我爸爸制定的。”

“那么，多违反一条也不会要了你的命……”杰森鼓励她说，伸手便去拉她的手。

玛鲁克闭上眼睛，迈开步伐，离开了门口。当她再次睁开眼睛的时候，杰森仍在她前面，但却伸开双臂，他的脸被飘摇的灯光映照着。她的左边是瑞克，他的侧影挡住了那将天空染成夺目的鲜橙色、并在逐渐减退的日光。地面又硬又冷。

“太阳快要下山了。”她说，“我们现在去哪儿？”

“我不知道。”杰森回答说，“但我们很快便会知道。对不对，瑞克？”

他微微用力地握住玛鲁克的手，为她注入与被废置的走廊那沉寂荒凉的景象截然不同的正面能量。

瑞克走到一个守护走廊的雕像前，拂去了上面的蜘蛛网和灰尘，发现那雕像塑造的是大秘仪的第一张牌：魔术师。

“有没有头绪？”杰森带着鼓励的语气问。

“或许吧，”瑞克以他一贯实事求是的态度回答说，“如果我们对一致的时间所做的猜测是对的。那么，至少有三个房间可以作为我们搜索的起点。大秘仪第十八张牌：月亮房间；第十七张牌：星宿房间和第十九张牌：太阳房间。”

“‘恋人追逐恋人，直到永永远远……’”杰森喃喃而语。

“可是，如果我们想全力以赴，便要从另一个方向入手，那就是大秘仪第六张牌：恋人房间了。”瑞克总结说。

当玛鲁克感到杰森轻轻捏了她的手一下，她便知道恋人房间是他们的目的地了。

他们三人并肩走着，黄昏的日光将他们的影子长长地拖到地上。

杰森直勾勾地盯着前方，高举着油灯。被灰烬覆盖的镜子并不能为走廊折射出多少光线。那些壁龛看来就像一列张大了的嘴巴，里面黑森森的。

玛鲁克向下看那黑色的地皮，还有她的凉鞋鞋尖，她的每一步都在走廊里击起回响。

在每一个收藏区之间，瑞克从字典里检查大秘仪牌的次序是否正确，好让他可以决定往哪个方向走。

他们默默地在那充满了凝重气氛的迷宫内走着，大家都没有说一个字，各自在想着种种不祥的兆头。

不久，完全的漆黑遮掩了墙壁和天花板，他们的影子被完全吞没。他们的每一步，或是扬起一团灰尘，或是从地上踢起一小片蒲草纸，他们的脚踏到一些烧焦的木板上，发出“嘎吱嘎吱”的声音。眼泪从他们那再也受不住刺激的眼睛里流下。

“不要接触任何东西，也不要揉眼睛……”瑞克记起爸爸的忠告，便告诉他们。然后他努力地令自己乐观一些，“我们现在一定是十分接近了。”

一个沾满了黑色灰尘的蜘蛛网，沉甸甸地从走廊的天花板垂下来。突然间，一些东西拦住了他们的去路。

杰森举起了他的油灯，玛鲁克尖叫起来，紧紧握住杰森的手。

在他们面前，是两具抱在一起的骷髅骨。

杰森发觉其实自己并不是太害怕。毕竟，在他还未踏进被废置的走廊前，他就曾想到骷髅骨。

他轻轻地放开了玛鲁克的手，将葱麻油灯那点亮了的灯芯递向骷髅骨。

他们的衣物，有些仍然完好无缺。较大的那具骷髅骨是属于一个男人的，他背靠着墙，坐在地上。他的臂弯像抱小孩一样抱着那具较小的骷髅骨，那较小的骷髅骨是属于一个女人的，那男的看来好像要保护她。虽然这是一番怪异的景象，但却也有着令人惊讶的温柔。杰森想象他们仍然在世，被烟火所围困，因此他们在这儿停下，在对方的臂弯里等待终结的来临。

“他们的灵魂并不快乐，”玛鲁克在他们身后喃喃地说，“因为没有人为他们预备到阴间去的旅程，他们的胸口上甚至没有圣甲虫。他们应该有的，在遇上透特和玛吉（真理正义之神）的大秤之前便要戴，那样，他们的行为才能得到衡量。”

杰森盯着她，还没有明白过来。

玛鲁克跪在地上，脱下她的束腰外衣，以及她带在颈上的护身符。她开始祷告，转动并抚弄着她项链上的宝石和金属片。它们就像念玫瑰经时的转念珠一样。

杰森和瑞克以沉默表示他们的尊重，默默地等待玛鲁克完结她的祷告。他们从袋中找出进入生命屋时发给他们的那两个圣甲虫通行证，轻轻地放在两副骷髅骨上。

“愿你们安息……”瑞克越过它们时低声说。

他们一直走一直走，直到走廊通进一个大大的方形房间。房间里有两个大型雕像，高度足有他们身高的三倍，雕像的头被天花板上掉下来的黑色灰尘覆盖着。

“就是它了……”瑞克低声说着，随即抬头看这雕像跟大秘仪的恋人牌有何相同之处。

玛鲁克松了一口气，发出欢呼。在房间里有一扇大窗户，能俯览到生命屋庭院的景色。

玛鲁克跑到窗前，凝视那橙红色的天空和像蛋黄一样的夕阳，现在太阳的底部快要触到地平线了。她靠近窗台，呼吸着外面进来的新鲜空气。

“我觉得我好像刚刚死而复生……”她头也没回地背对着瑞克和

杰森。

假如她转过头来的话，她便会注意到他们的衣服和脸孔都是一片黑黝黝，就如经过一场灰烬的风暴一样。

他们所看过的每一处，都只有残骸和悬挂在大雕像中间、像一片薄纱那样飘扬的蜘蛛网。

“首先起火的会不会是这里？”杰森问道，烧焦的蒲草纸随着他的每一步而在他的脚下发出碎裂的声音。

“对于火势的蔓延，我知道得并不多，”瑞克回答，“但我可以告诉你，这个房间看来是最糟糕的。”

“但我们要知道，这个房间是不是就是那老人酿成火灾的地方。”

瑞克耸耸肩：“我们怎么能知道呢？”

他们看着那蛋黄般的夕阳，它开始触到地平线了，一点一点地，真真切切地。

“无论如何，我怀疑我们有没有第二次机会。”

瑞克轻轻地皱起了眉头：“你指什么？第二次机会去……去做什么？”

“去尝试做他所做过的事。”

瑞克尝试回想那老人的故事：“他说他移动了一些镜子……因此阳光便令蒲草纸着了火。如果这就是那个房间，这儿附近便应该有镜子。”

瑞克走到窗前看着外面。他没有欣赏下面的花园，而是仔细地研究起地平线。“如果镜子能捕捉阳光，它们便一定是面向窗户的……太阳向西面落下，在那边……那么，它便是从另一面升起，就是那边。那即是说，如果有镜子在这里，它们便一定在那些雕像的附近。”

“伊希斯（古埃及的生育之神）和俄塞里斯（伊希斯的丈夫，冥神）。”玛鲁克轻轻地说。

“什么？”

“房间里的那两个雕像，就是那两个恋人，他们是伊希斯和俄塞里斯。俄塞里斯中了赛斯的圈套被他杀害，并且砍成一块一块之后，伊希斯在尼罗河里寻找尸身的碎片。当她找到所有碎片以后，便将它们一件接一件地组合回原来的样子，制成了第一个木乃伊。然后，伊希斯用她的魔法，令俄塞里斯死而复生。”玛鲁克用手背擦掉从脸颊上滚下来的泪水，然后作出一个成熟的、苦中带甜的微笑，“多么奇怪。或许这就是那首情歌里那两个永恒的恋人所寻找的生命奥秘：爱的魔法，其力量比死亡更伟大……”

“我认为……我认为你是对的……”瑞克被感动了。

杰森走到雕像前，很努力地设法辨认它们那被藏在厚尘之下的外形。他点亮了头上的灯，猜想右边的那个雕像一定是女神伊希斯。那雕像高高在上，而且有部分藏在暗影里，他仅仅能看到一张有着高贵气质的女性脸孔。那雕像的手折断了，而她的脸黑黝黝一片，眺望着窗外。

俄塞里斯却不一样，他站在她的旁边，凝视着她。

杰森将灯放在地上，动手将积在雕像脚上的一层灰烬扫掉。他发现雕像的脚被石制的条带包裹，条带下面长了一些小植物。

“从死亡中生出的生命。”他暗忖。

他起身去拿灯，电光火石之间，他看到了：在俄塞里斯的头上，有些东西抓住阳光，一闪一闪的。

“瑞克！”他大叫，“镜子！镜子！我找到了！它在俄塞里斯的头上！”在他们身后，太阳开始沉到沙丘之后。

“我知道我们会需要这东西的！”瑞克高叫，终于将他从离开阿尔戈山庄后一直带在身边的绳索从背包里拉出来。

他的双手娴熟地扭动了数次，便在绳索的一端打了一个活结，并且将绳圈套到了俄塞里斯的头上。

“希望俄塞里斯原谅我们的无礼……”杰森抓紧绳索前，低声说了一句，并且做好了攀爬的准备，“玛鲁克，念一篇你会的祷文吧，你会吗？”

“你要小心！”玛鲁克回答。

“你在说笑吗？这点小事易过借……借火……”说时迟，那时快，杰森一脚所踏的凸出部分“啪”的一声碎掉了。

杰森摔倒在地上，还没有拍掉身上的灰尘，他便立即跳了起来。因为尴尬，他红着脸又预备攀上雕像去。

他紧紧地抓牢了绳索，双手一下一下地把身体逐渐地拉起。眨眼之间，他便到达了俄塞里斯那双缠绕的手，并且蜷缩其上了。他发觉自己正直视着那石头雕刻出来的神像脸孔。他松开了绳索，在身上的亚麻布衣上撕下一条布条，开始抹掉那些遮盖神像的烟灰。

“杰森，”玛鲁克在下面向上对他呼叫说，“太阳快要下山了。”

杰森用尽他剩余的气力去擦那个雕像，灰尘扬起，起了又厚又黑的云雾，令他很难看见眼前的东西。

好几次，他担心自己可能错了。但到了最后，他的倔强有了回报。最终，他看到另一线闪耀的阳光。

他是对的。在那层黑黝黝的烟灰下，真的有一面反射阳光的镜子！

“在伊希斯的雕像上，必定还有另外一面镜子！”在镜子第一次反射出阳光之后，杰森随即大叫说。

他从俄塞里斯的脖子旁解开了绳索，将它抛到地上去。

瑞克一秒也没有浪费，他瞬即爬上了女神像的大腿。就像杰森所做的一样，他也撕了一片衣服下来抹掉火灾留下的灰烬，起劲地擦拭起那个神像。杰森猜得没错，环绕伊希斯前额的红色冠冕上有一面镜子。

“我们办到了！我们办到了！”他欢呼着。

就在这一刻，最后的一线阳光跃过天际，从远处的地平线照遍整个辽阔的空间，直接射到俄塞里斯的头上。

与此同时，杰森发觉他被一条炫目的光柱照耀着，空气中飞扬的灰尘清晰可见。

他退到一边去，抽身躲到神像的肩头上。

什么都没有发生。

是站在地面的玛鲁克发现他们的问题出在哪儿的。

“他们并不是对望的！这两个恋人没有互相对望！镜子不能互相反射！”

她是对的。从俄塞里斯所反射出的阳光光束，只能照到伊希斯的肩头，距离她冠冕上的镜子还差一段短短的距离。就是这样，事情便泡汤了。

“伊希斯的镜子是不能移动的！它被锁定在了那个位置！”瑞克一边试着移动那面镜子，一边呼叫说。

“假设镜子不能被移动，那么……”杰森高叫，“我们便要移动整个雕像！”

他毅然地将身体探出，整个人挂到俄塞里斯的臂上，再荡到地上去，然后爬到伊希斯女神像旁。

“你得移动一点！”他对伊希斯的雕像大声说着，并将他全身的力量施展到宝座的基座上去，“看……你所爱的……脉脉相望！”

但那线阳光依旧只照到俄塞里斯的镜子。

“快！”瑞克大叫，双手在那穿越房间的光柱中挥动。

玛鲁克跑到杰森身旁，帮他一起推动雕像。

真是难以置信……一点一点……那雕像移动了。

伊希斯沿着那古老的轨迹移动，雕像的重量将地上的灰尘推到一旁去。她转过身来了，样子文雅而简朴，直至她终于与她所爱的恋人面对面。

当他们四目相视，阳光在他们的冠冕间来回舞动，两面镜子互相辉映，在夜幕降临前作出最后的惜别。

在伊希斯臂上的瑞克，看到了那通向“不在那儿的房间”的光之门帘。

在滂沱大雨中，内斯特一拐一拐地快速走过花园。曼弗雷德泊在庭院中间的车子，爆发出满是鼓声和电吉他声的音乐，震耳欲聋。

宾客小屋的门大大地打开，屋内透出暖和的黄色灯光，穿越树丛成为疏落的星星。

内斯特一不留神没有将它锁上……现在他蜷缩着身体，不去理会背部的痛楚，走遍了整个花园。

“你在哪儿？你在哪儿？”他喃咕着，尝试在滂沱昏黑的暴雨中辨认出四周的事物。

灯塔射出的光柱照亮了花园，内斯特终于找到他的手推车。它就在日本樱桃树的树干后，是内斯特完成工作后将它放在那儿的。

他拿起了手推车上的铁铲，来回挥动了数次，试试它是否可靠。它并不是真正的武器，但它也不是毫无危险性。

无论如何，它总会有用的。

当他冲进屋子的时候，着实把正在桌子上到处翻寻的曼弗雷德吓了一跳。

“立即离开这儿！”内斯特气冲冲地说，他站在门内，在胸前的位置挥动那把铁铲，“在我出手赶你走之前，快点离开。”

曼弗雷德占了先机，他将一些东西放进口袋里，才转过身来面对内斯特。

“你最终还是决定要从外面进到屋里来……难道从来没有人教你要有礼貌吗？”

“将你拿了的东西放回原位。”

“你认为我拿了什么呢？”

内斯特在空中挥动铁铲，并且警告说：“将那东西放回原位。”

曼弗雷德举起双手，说：“嘻嘻，不要那么大火，老头儿……”

曼弗雷德雨衣上的水淌到内斯特的桌子上，浸湿了纸张。

内斯特感到双手发麻，他将铁铲抓得更紧更牢。

曼弗雷德头上挂着一副碎裂了的太阳眼镜，他指着自己的鼻子说：“你看到你的小朋友对我干了什么吧？她打伤了我的鼻子。”

“她对你太宽容了……将你刚才所拿的东西放回原位，然后立即滚开。”

曼弗雷德手上拿着一把钥匙。它陈旧且锈迹斑斑，就像神秘大门那四把钥匙一样。“你是指这个吗？”曼弗雷德有意愚弄地摇摇头，说，“我不认为我会将它交给你……我刚刚找到它，而且，我想我的老板会很喜欢它……嘻！小心你的铁铲！”

曼弗雷德避过内斯特那恐吓的攻击。

“来吧！”

他们两人小心翼翼地保持一段距离，慢慢地循着圆形的轨迹在屋内绕行，就像两只猎食的野兽一样。一边是拿着铁铲的内斯特，另一边是拿着钥匙的曼弗雷德。

“你的小朋友真的弄伤了我，你知道的，”曼弗雷德说，“我只是想来探望你一下，跟你喝杯茶……”

“将钥匙放回原位。”内斯特挥动着铁铲再次发出警告。

“不放又如何？”

“放回去！”

曼弗雷德察觉到自己正站在大门的前面，他慢慢地向后退。“好吧，好吧。我将它交给你吧。反正我已知道它在哪里，我在数天内随时都可以回来拿走它。”

他向后移到被宾客小屋围绕的木天井去，走下了两级通向花园的楼梯。“当所有孩子都齐集这里时，或许我会再回来。你认为怎样？”

“将那钥匙放在地上，回到你的车子里，开车离开。”

曼弗雷德缓缓地将他拿钥匙的手移近地面，好像打算听从内斯特的命令似的。

“无论如何，那些孩子在哪儿？你将他们锁在房子里了？还是你已将他们派遣到别的地方了……去追寻尤利西斯·摩尔？”

内斯特被惹火了，他将铁铲敲到天井的木头上，发出阵阵巨响。曼弗雷德像黑豹一样敏捷地作出反击，徒手抓住了铁铲，猛拉了一下。

内斯特失去平衡，飞身跌到地面，摔倒在草地之上。

他躺在那儿，感到全身的骨头好像全都碎掉了。

现在，在他身后，曼弗雷德将那钥匙放回他雨衣的口袋里去。“真丢人啊，老头儿。很好的尝试，尽管……”

内斯特试着站起来，冰冷的雨水飞溅到他的脖子上。

他终于设法以膝盖撑地，摇摆不定地直起了身子……他眼角瞟见一把铁铲正朝着他的脑袋拍击下来。

他滚到一旁，在千钧一发之际避过这次突袭。

“对你这样的年纪来说，你的身手还真是挺敏捷呢！”曼弗雷德“咯咯”地笑道。

内斯特一脚踢中了曼弗雷德的肚子。

曼弗雷德气急败坏，万分惊愕地弯下身子。他的太阳眼镜掉到地上，他伸手在地上四处乱摸想要找到它。

“你不应该这样做的，老头儿！现在你真的惹恼我了……”

曼弗雷德站了起来，又再次举起了铁铲。

就在此时，车子收音机所播出的音乐突然停止了。

第二十章

振动之钥

DEA HATHOR: Dea dall'aspetto umano
e di mucca. Dai tempi più antichi
è legata al culto celeste del
Dio Horus.
Divinità dell'amore, della maternità
e della musica.

孩子们已经渐渐接近“不在那儿的房间”，与此同时，潜入阿尔戈山庄中的曼弗雷德也似乎得到了他想要的东西……

当太阳慢慢地滑到地平线之下，三个小孩披着一身烟灰，从生命屋里跑了出来，跑到一个平静的正方形水池旁边。水池中央是埃及女神哈索尔的雕像，她的身体一半是女人一半是母牛，她是埃及的爱与音乐之神。

他们跑到池边，才停下来喘气。

“你肯定是这儿吗？”杰森问瑞克道。

“绝对肯定。那束光柱是投到这里来的……这儿！”

瑞克跪下赤手挖走水池石槽边的青草。

“在这儿！我们找到它了！”他高声说着，将手探进又松又软的泥土里。

玛鲁克和杰森跪在瑞克身边帮忙，他们将一丛丛的青草连着大块大块的泥土连根拔起。在泥土的下面，他们找到一个被雕刻成钟形的石壁炉，上面交错地盖着八根有凹槽的石棒。它看来像是水渠盖之类的东西。

“这是光之门帘！”瑞克大叫。他拿起了一粒小石子，投掷到两根石棒之间的空隙里去。

那小石子碰到一些金属质地的东西，反弹到一个实心东西的表面上，又再弹跳了三下。

“从声音听来，下面好像有一条楼梯……”杰森说着，探身尝试为漆黑的环境引进一点光。

玛鲁克站起来四处张望。他们身处一个小绿洲之上，或许因为非常靠近被废置的走廊，所以这个小绿洲看来人迹罕至。

“它真的是在众人的眼前……”瑞克咕哝道，“谁知道曾有多少人到这儿聊天却没有注意到这个口子，又或者误以为它是水渠盖？”

在壁炉的下面，开着一个非常狭窄的出入口，大小仅能容许一个人通过。

杰森抓着其中一根石棒，尝试将它拉起来，这举动没有令石棒移动分毫，却事有蹊跷地令整个壁炉发出一阵叮当声。

“它一定是粘住了……”他又连喘了几口气才说出话来，“谁知道距离上次……有人打开它……已经有多久了？”

经过第四次尝试后，杰森躺回柔软的草地上，他终于决定放弃了。

“我认为它是封死了的。”瑞克评论说。

“你们听到那些声音了吗？”玛鲁克问道。

“那首歌提及一条振动的钥匙……”

为了找出是什么发出这些奇怪的叮当声，瑞克看呀看呀，他注意到那八根石棒下面悬挂着一些奇怪的铜圆片，吊在半空中。他从石棒缝隙将指头探进去撩动那些铜圆片。它们发出一阵叮当声，跟他们刚才听到的一样。

“那儿没有锁。什么都没有，只有那些古怪的……铜片。”他简单地说明。

但他并没有准备放弃，他将灯放在壁炉的上面，趴在地上想要看得清楚一些。那些铜片挂在石棒的青铜扣环上，它们可以左右移动来改变位置，随着位置的不同，它们的音调也会有所改变。

“这到底是什么意思啊？”杰森大声感叹，用他那满是尘灰的手往头上乱抓。

玛鲁克想说些什么，但最终又咬着嘴唇摇摇头。

瑞克再就近一点仔细地看那些铜片。它们全都是可以移动的，而且看起来应该是互相牵连的。瑞克数了数，那儿总共有十六片铜片，每根石棒上有两片。

“我一点也不明白……”他终于说，“我不知道我们应该怎样做。”

“这会不会是类似叉铃的乐器？”玛鲁克鼓起勇气问道。这是她第一次看到她的朋友被谜团困住……而对她来说却恰恰相反，这只是一件很普通的事情。

“你说什么？”杰森问道。

“叉铃。它是一种乐器。”玛鲁克重复了一遍。她指着哈索尔的雕像，那赐予音乐的女神手上拿的一个东西。当她的朋友没有作出任何回应的时候，她接着解释说：“那是一种敲击乐器，可以用不同的方式安置，视你所需要奏出的歌曲而定。”

“你知道该怎样安置这东西吗？”杰森问道。

“我虽然不太跟得上我的音乐课，但这并不是太困难的事。”

玛鲁克走近那壁炉，检查那些铜片的位置。“那么，如果我们需要一条‘共同的振动之钥’，我应调音去演奏什么乐曲？”

“《一对恋人的情歌》！”从基穆尔科夫来的男孩们，双双齐声回答。

玛鲁克跪在出入口上，在石棒的缝隙间调动铜片的位置，直至她对铜片所发出的声音感到满意为止。

“就是这样！完成了！”她说完站了起来。

“完成了什么？”杰森问她，“什么都没有发生。”

“或许我们应该假设没有什么特别的事会发生……”瑞克说。他牢牢地抓住壁炉，开始用力地向后拉。叮当之声又再一次扬起，但那壁炉依旧纹丝不动。

正当瑞克想要松手的时候，那壁炉移开了两厘米，它逐渐地松动了。

瑞克差点儿失去平衡，幸好杰森托住了他，帮他将壁炉放到出入口旁边的草地上。

当他们将壁炉上下倒转地反过来时，便终于明白这个精妙的设计是如何运作的了。那些铜片之间由砝码和绳索互相连接起来。将铜片移到正确的位置上，便能松开那抓住墙身，锁紧了壁炉位置的粗大绳索。

“这真是一把聪明锁……”瑞克评论说，他为那些绳索而着迷。

杰森拿起油灯，移到通道的出入口上。他的心在狂跳，就像一个小手鼓一样。

“向所有不相信它存在的人展示真相吧！我们走吧！”他呼喊道，并且一脚踏进了那从石头中凿出来的阶梯。那窄小的阶梯旋转着钻到地底下去了。

当杰森感到玛鲁克的手搭到他肩头上的时候，他转过身来。

“你真了不起。”玛鲁克对他说。

杰森对她笑道：“你也很了不起啊，用那叉铃……”

“好吧，那么我们全都十分了不起吧！”她说着将另一只手搭到瑞克的肩头上。

“只是幸运的一击而已……”瑞克咧嘴笑着说。

“不是幸运！是好运气！”杰森更正他说，并且举起了灯，“大秘仪第十张牌。”

他们开始往下走。

那阶梯难以置信的陡峭且险恶。每一级都十分狭窄，甚至没有足够的空间让他们踏下脚跟。而级与级之间的坡度也不一样，他们每一步都像是跌跌撞撞地跳到深渊之中。

“但那歌词里没有提到这些情况……”杰森抱怨说，他举着油灯走在前头领路，灯火飘摇不定，就像风暴中船只的灯光。

他们四周的空气静止而充满了霉臭。垂下来的蜘蛛网像挂起了的厚窗帘，灯光照穿了蜘蛛网，就像蒙上了面纱一样，添上了朦胧之色。他们听到很多细小的足爪发出的声音，它们被意想不到的入侵者打扰，在黑暗中慌忙逃窜。继上次有人踏足这儿，应该已相隔了很多年。

“是这里了！”杰森突然说，他的脚下再探不出阶梯，“我们到达底部了！”

他举起了手中的油灯，在蜘蛛网的覆盖下，他们终于照亮了“不在那儿的房间”。

朱莉娅从窗户看到外面所发生的一切。当她看到内斯特跌倒在地上时，她想也没想便跑出客厅，滑下楼梯，穿过柱廊的玻璃门，直奔曼弗雷德的车子。她要找到办法引开他的注意力，所以她便干起这件她脑海中唯一能做的事情来：她钻进车子，关掉了车前灯和震耳欲聋的音乐，然后蹑手蹑脚地爬出来，蜷缩在挡泥板后面。

“啊哈！”曼弗雷德叫喊的声音穿过冰冷的雨水，“那只小猫儿好像离开了她的笼子呢……”

“不，朱莉娅！”内斯特叫喊着，人却仍旧贴在地上，“退回屋里去！锁上门！不要让他进去！”

阿尔戈山庄的门打开了，只是在她身边几步之外，但朱莉娅仍躲在挡泥板的后面。

“关上门！”内斯特再次大叫道。

曼弗雷德向着门快跑过去。

朱莉娅没有移动，直至最后一秒，当她看到穿着雨衣的男人身影在车子的右边快速迫近时……

她伸出一只脚将他绊倒。

曼弗雷德还没有明白发生了什么事，人便已经飞到半空中。前一分钟他还在跑，下一分钟，他便脸朝下趴在地上，狂风在他身后击打着他。当他睁开眼睛时，便看到自己正盯着砾石路上的一个污水坑。就像一片小汪洋里的一艘小船，在那砾石路上，躺着他从管理员的桌子上拿走的钥匙。那钥匙从他雨衣的口袋里掉了出来。

朱莉娅如箭般从她的藏身之处奔出来，跪下捡起了那把钥匙，然后转身跑回屋里去。然后，在她和阿尔戈山庄那打开的门之间，站着奥利维亚·牛顿的司机。

灯塔的光柱缓缓转过去。

"朱莉娅！"内斯特在雨中大叫，"离开那儿！快走！"

朱莉娅没等内斯特再叫第二遍，她便转身在雨中跑起来。她听见曼弗雷德站起来咆哮。

朱莉娅一直跑，直至她发觉自己能看到下面的海面。她跑到了盐崖壁的边缘，就是他们沿着崖边石阶向下走的地方。

正是在这儿，昨天杰森差点儿便摔落悬崖。

她转身，在雨中斜视着，辨认出曼弗雷德的轮廓，然后将钥匙高举过头顶。

"如果你那么想要这把钥匙的话，来这里取走它吧！"她叫着，"如果你够胆的话，来拿走它吧！"

狂风吹乱了她的头发。

在花园里，曼弗雷德看看阿尔戈山庄那打开的门，又看看这女孩，他的样子活像一只裹在雨衣下的长毛象。

"朱莉娅，不！离开那儿！"内斯特也已站了起来。

曼弗雷德想了一会儿，终于下了决心。

他朝朱莉娅走过去："将钥匙交给我。"

朱莉娅对他笑笑。事实上，她的心因惊慌而狂跳，但那赌注现在在她手中。

“将那钥匙交给我……你这黄毛丫头。”曼弗雷德重复说，一声雷鸣震动天际。

灯塔的光柱又缓缓地转了过去。

“如果你再踏前一步，我便将它抛到海里去！”

曼弗雷德离她只有三步之遥，他站在那儿，雨衣在雨中闪闪发光。

“小心你所做的事，小女孩……”他威吓朱莉娅。

“你才要小心。”朱莉娅玩着她指头上的钥匙，重复对他说，“要不然的话，它可能会滑出我的手指……”

“朱莉娅！”内斯特在曼弗雷德身后咆哮。

“你的祖父在叫你呢，小女孩……”曼弗雷德讥笑说，“为什么你不回答他呢？”

“因为我忙着跟一只穿雨衣的大笨猪聊天。”她反击说。

刚被朱莉娅说成是猪的曼弗雷德向她扑去，一眨眼间，他就越过与朱莉娅相隔的那三步距离。

但那早已在朱莉娅预料之内，毕竟，她可是朱莉娅·科文德，体操冠军！在疾跑比赛中从不落败，更是学校排球队的最佳发球手。

她敏捷地闪到一旁去，将钥匙投到悬崖上空。一大片雨水刮到她的脸颊上，令她浑身湿透。

灯塔的光柱缓缓地转了过去。

当光柱转到另一边的时候，曼弗雷德已消失于无有之中。

第二十一章

不在那儿的房间

“不在那儿的房间”原来是一个被沙漠毒蛇守护的房间，勇敢的杰森该如何取得地图？

杰森在身前缓缓地左右摇晃那盏油灯，将一线孤形的灯光投进“不在那儿的房间”。那是一个从岩石中凿出来的又深又窄的房间，它古老而漆黑，挂满了蜘蛛网。

杰森手上的灯光在沉闷的空气中飘摇不定，那里展示出两行金石棺，它们靠着两边的墙壁排列成行，就像立正的侍卫一样。在两行石棺的中间是一条窄小的石路，通向远处一个高高筑起且铺满了厚厚灰尘的地方，它看起来像是个祭坛。

“他们是谁？”杰森低声说。石棺的金色表面上雕刻了一张张脸孔，杰森将暗淡的灯光凑近那些脸孔。那些面孔的表情看起来十分严厉，而且难以置信的古旧，差不多形同外星人。

“他们是奠基者……”玛鲁克轻声说，“从海洋来到这儿建立生命屋的人。”

那些奠基者面朝各个方向，直直地盯着前方，坚定而一丝不苟地站在他们的长形石头外衣里。他们的手直直地垂在身旁，脚掌都踏在龟壳上。

孩子们站在那里不发一言，接受那围绕着他们的沉默。

“看！那老人没有对我们撒谎！”过了一会儿，瑞克跪在地上说。在阶梯的底部，有三个被灰尘盖着的东西，那是三只雕在象牙上的海龟。

三只海龟。跟他们在盐崖壁底下那回到人工洞室的拱门上所找到的一样。

杰森大声地咽下一口唾沫，再回去看“不在那儿的房间”。

当他踏出第一步，他有一种好像在一层薄薄的积雪上行走的感觉，因为他的脚沉到沙下好几厘米，然后才踏到坚实的石头地面上。

“我认为我们应该去看看那祭坛……”杰森建议说。

油灯发出的光茫使石棺上那些坚定的脸孔闪闪生光。

在杰森身后，玛鲁克跟他走了几步。她再次拿出她的护身符，并且用双手把它握紧。她的脸因紧张而发白。

瑞克负责殿后，不安地四处张望。

在这个地方，这个沉默的领域里，他感到十分不自在……他甚至觉得自己打扰了那些奠基者的安静长眠……

房间内满是怪异的回声，好像是从远处传来的声响，又或是不知哪儿来的水滴声。瑞克认为他听到被蒙住的“嘶嘶”声，但他推断那只是他的幻觉。

一步接一步，在那些奠基者无情的注视下，他们慢慢靠近了那堆满了东西的祭坛。

“我们快到了……”杰森低声说着，穿过蜘蛛网向前迈进，并且在漆黑之中尝试寻找看来可能是地图的东西。

他突然在途中停了下来。“有什么不妥，玛鲁克？”他问道。

“没有啊，为什么这样问？”玛鲁克就在他身后答道。

“那么，你可不可以松开你搭在我肩膀上的手？我连走也走不动……”

“我没有将手搭到你肩膀上……”

油灯的灯光轻微地晃动了一下。

“如果那不是你的手……”杰森以很低的声音，十分缓慢地说，“那么……我肩膀上的是什么？”

“把油灯举起来吧，杰森。我什么都看不见。”

在他们身后，瑞克扭转了头，回头看那两行石棺，恰巧看到有一些东西正朝他们其中一人靠过去。

杰森慢慢地举高了油灯，直到他将灯光照到他的左边肩膀。

“啊，不！”玛鲁克惊叫，“啊，不，杰森！”

杰森一点一点地缓缓转过头来。

在他肩膀上有个东西正发出“嘶嘶”的声音，用两只胡桃般大小的黄眼珠盯着他。

一条蛇。

杰森强忍着不发出惊叫，用拿着油灯的手将蛇打掉。那蛇一落地，便蜿蜒地穿过沙粒，滑到阴影之中躲了起来。

“啊……那可真不太好！”杰森如释重负地叹了一口气。接着，他举起了油灯好好地打量四周的环境。

“啊！”他不由得发出一声尖叫；而稍远的瑞克则被吓得魂不附体，动也不能动地站在那儿。

那儿四处都是蛇。它们从天花板上垂下来，在覆盖着通道的那层沙堆下滑动，从石棺中伸出头来。它们想要逃回黑暗之中，蜷曲、盘绕、昂首，没有原因地互相厮咬。看来孩子们的到访惊醒了它们。

“瑞克？”杰森以平静的声音说，“我们怎么办？”

更多的蛇从上面掉下来，砰砰作响地掉到地上。

“瑞克？”

“嘘！我……我在想……”

“你能想快一点吗？”

玛鲁克喃喃地自言自语：“蛇……是……聋的。”瑞克努力地回想，尝试记起他所学过的关于这些爬行动物的全部知识：“打扰它们的……是震动。”

“那么……我们不要令东西震动，对吗？”

“还有……我认为它们怕火，而且或许也怕光。”

“很好！这正是我们需要知道的，我们有一盏油灯。”

杰森将油灯在他们的脚前挥动了一个半圆形，驱走那一大片黏糊糊又嘶嘶作响的东西。玛鲁克忍不住尖叫起来。

“我认为我们最好离开这儿，越快越好。”瑞克说，“那些小怪物现在一定还有一点昏昏欲睡，但是……”

“你认为它们有毒吗？”

“我不知道。它们可能……”

“我打算试一试！”杰森突然宣布说，“我已经很近了，差不多可以伸手触到那个祭坛。”

瑞克警觉地张开了口：“杰森，不！不要发疯了！我们要慢慢地退回后面，直至回到楼梯那儿，趁着还有命的时候逃走。”

“但是，瑞克，我距离那祭坛不过一米……”

“但是地面上全是毒蛇！”玛鲁克大叫。

“或许它们只是长相凶恶的蛇罢了。”杰森说，“你们都不许动！”

“杰森！”

杰森将油灯举高了一点，再向前踏出了两步。

祭坛上塞满了不同种类的东西，每一件东西上都覆盖着沙子、灰尘和蜘蛛网。那是一些满溢了珠宝的罐子、小小的石雕像、梳子、蒲草纸卷轴、木盒子……

“想想，杰森，想一想……”杰森对自己说，并向前迈出第三步。基穆尔科夫的地图可能就藏在这堆东西中。

玛鲁克发出呜咽的声音，杰森转过身来，将油灯靠近地面四周照了一下。

然后他再次专注于自己身前的事物。

“想想，杰森……”他再次低语说，并且记起了他在壁龛里找到的蒲草纸，上面写着："注：我决定将地图放到一个安全的地方……不在那儿的房间。"

那张地图被放到那儿，不会是很久之前的事。几年，或许吧，但不会有很多年。

杰森伸出手掌去触摸那祭坛的表面，那儿的蜘蛛网和灰尘看来好像少一些。

一个盒子、一把梳子、一个小小的金雕像……严格来说，他要找的东西是怎样的？

"杰森！"瑞克在他身后呼唤他，"快点！我感到它们在我脚跟周围滑动……"

杰森的手在灰尘中摸索，推开一些东西，又拿起一些东西。

那张地图。基穆尔科夫的地图……它在哪儿？在一个安全的地方……

"或者，"杰森暗忖，"那个将地图藏到这儿的人，为了要愚弄那些想找到地图的人，便将它放到房间里最古旧的东西里去。想想吧，杰森。又或者更好的是，完全不去想，只是跟随你的直觉而行。"

杰森搁下了油灯，将它放到身后的地上。

"杰森？"

然后，他合上眼睛去想象。他想象自己走下这房间来，想要将地图藏到安全的地方。一张非常重要的地图，一张一定不可以给奥利维亚·牛顿找到的地图。他幻想自己发现了整幢生命屋里最秘密的房间——一个由沙漠毒蛇所守护的房间。

他的心脏快要从嘴里跳出来，脑子里轰轰作响，什么声音都听不到。

杰森作了一个深呼吸。

他反过手掌来，摸到祭坛的下面去。他用手到处摸那石头，感觉它并且轻轻地按它。

"啪嗒。"

一些发光的东西从祭坛的底部松脱下来，现在躺在他手里。

约有一秒钟的时间，杰森能看到的，只是一片模糊的浅灰色的雪，他因为双眼太刺痛而紧紧闭上了眼睛。

当他将手抽回身边，他意识到自己拿着一个扁平的木框。

他转过身来，在灯光下细看那个木框。

那是一张用墨鱼的墨汁绘成的地图，在下面的装饰部分写着：

康沃尔一个名为基穆尔科夫的地方的第一张地图，也是唯一一张精确的地图。

杰森站在那儿看着它，不由得张大了嘴巴。接着他抬头对他的朋友高喊着："我找到它了！我找到它了！我们找到基穆尔科夫的地图了！"

就在此时，油灯的火焰一下子熄灭了。

第二十二章

摊牌

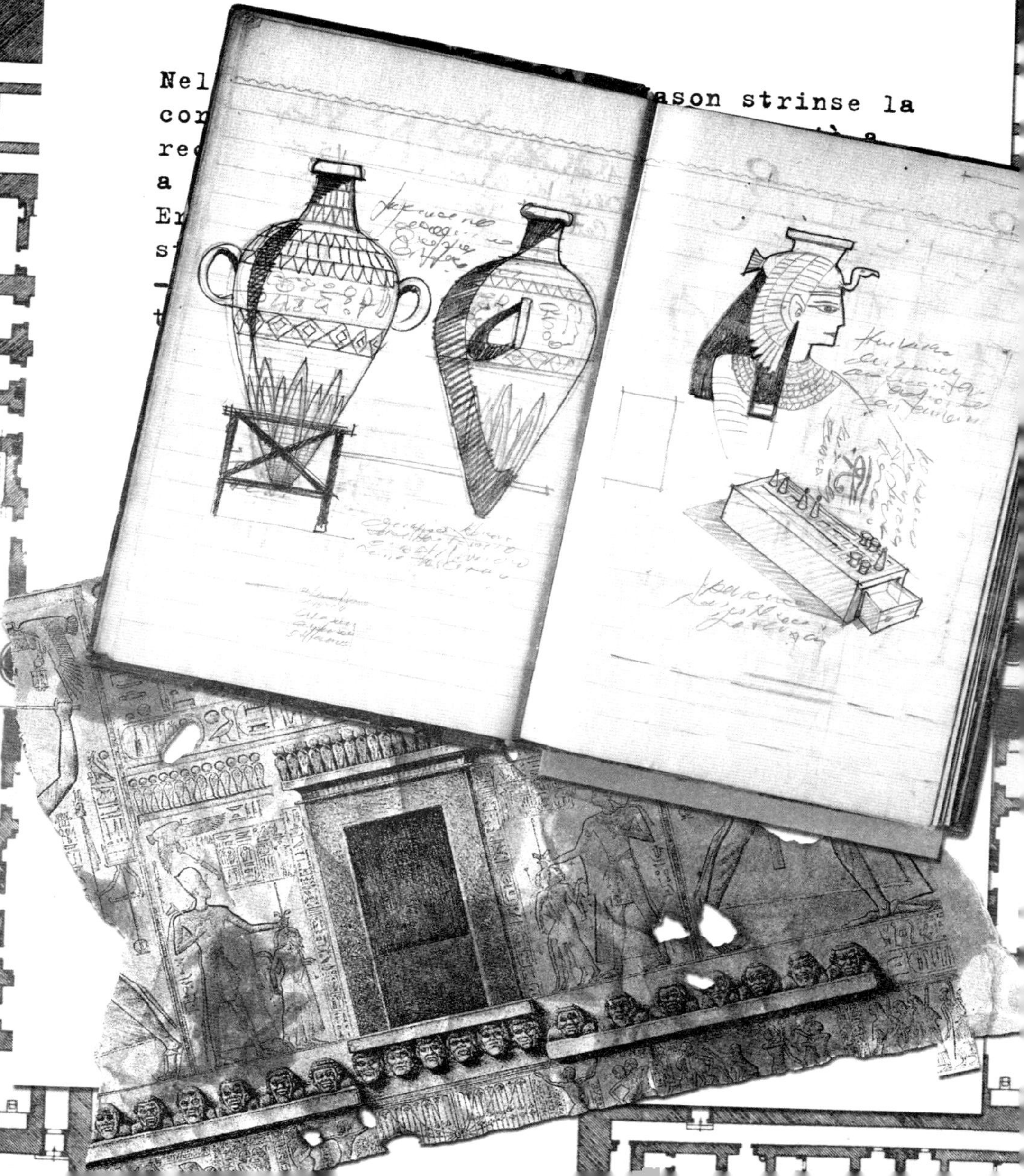

在漆黑的房间里，杰森小心地将木框护到胸前，瑞克在呼喊，而玛鲁克则开始大声地背诵不久之前还只是低声地念给自己听的祷文。

三个孩子被充满“嘶嘶”声和滑动声音的黑暗所包围。

“不要动！”瑞克大叫，并开始在他的背包里胡乱翻找。

“谁在动？！”玛鲁克中断了她的祷告。

瑞克在他的东西里又找了一会儿，终于擦着了一根火柴。

颤抖的火光光晕下，映照出他满脸的紧张。“我们要再次点亮油灯！杰森，把油灯递给玛鲁克，快！”

杰森弯下腰，在漆黑中四处摸索，直到他抓住了灯座。当火柴烧尽了，瑞克便又燃点起另一根火柴。

“你干脆把火柴给我，不是更快一点吗？”杰森抱怨说。

“来吧，将它递给玛鲁克！”瑞克说。

杰森向前走了一步，将油灯交给了玛鲁克。

“拿到了！”她高呼。

瑞克的火柴烧尽了，他抖动着第三根火柴，准备擦着它。“玛鲁克，现在你退后一步，把油灯给我……”

他没有时间把话说完。一条蛇“扑通”一声，正正掉在玛鲁克的头上。她尖叫一声，将油灯掷向那滑溜溜的生物，将它赶走。

那油灯撞到其中一副奠基石的石棺上，摔得粉碎。玛鲁克开始朝着阶梯拔腿就逃，一面尖叫，一面打翻她途经的所有东西，包括瑞克在内。

“跑！”杰森大喊一声，自己也朝着出口跑去。

尖叫声不断，那三个孩子像火箭般冲上了楼梯，安然无恙地现身在花园里。

但是，当他们到了外面时，他们连庆幸自己仍然活着的时间也没有，因为他们发现他们正跟年轻埃及男人面对面，这个男人手里拿着一把闪闪生光的利刃。

“我建议你们乖乖听话，并且不要乱动，孩子……”那年轻男人对玛鲁克和瑞克说，指示他们背对水池并肩而立。

然后他抓住了正想退回楼梯去的杰森，将他推到他的两个小伙伴身边。

“好，好，好……”奥利维亚·牛顿的声音在年轻男人的身后响起，“我们英勇的小小探险家终于完成使命回来了！”

在她身后，天空已经是淡淡的血红色了。

杰森尽力将那宝贵的地图藏在身后，那女人对他说：“看看我们有谁在这儿？！为什么，那是年轻的杰森·科文德！”

“你要什么？”杰森尝试靠近池边取得一点主动，但却于事无补。

奥利维亚向他逼近过来。“你的意思是你真的还没有找到任何东西？”

她向那年轻的埃及男人打了个手势，叫他去取那张地图。

“不！”杰森大叫，使出全部气力反抗。

他的头被粗暴的一拳击中，整个人跌到地上。

“你这胆小鬼！”瑞克爆出一句话，换来踢得他在地上翻腾的一脚。

玛鲁克跪下来照料她的朋友，然后语带轻蔑地朝奥利维亚叫喊道：“盗贼！”

那从基穆尔科夫来的女人将木框从年轻埃及男人的手上抢到手里，只是对着玛鲁克冷笑。

“而发型这么可笑的你又是谁？鼎鼎大名的朱莉娅吗？”

“我是玛鲁克，是大律法师的女儿！”

“噢，天哪！请原谅我吧！”奥利维亚·牛顿讽刺地说，她全神贯注地看着自己手中的东西。

她将木框折成两段，拉出地图，在玛鲁克面前把它折叠起来。“呀，是的，这真是你……我花了那么久的时间来找的，基穆尔科夫的地图！独一无二、无价之宝……终于属于我了！”

“盗贼！”玛鲁克重复说。

“淹死她。”奥利维亚命令那年轻的埃及男人，眼睛却没有离开过她手上的地图。

“另外两个拉到楼下去喂蛇吧。”

奥利维亚·牛顿卷起了那张地图，将它折放到衬衣的口袋里。

那年轻男人挥动他那闪闪生光的利刃，威吓着朝玛鲁克走过去。杰森躺在地上失去了知觉，而瑞克受了一脚之后，才刚刚站起身来。

“住手！”一个声音大声喊道。

“失落已久的地图之店”的老店主，蹒跚地从阴影中走出来。

“你记得我们之间的交易吧，哈！”他咆哮着，痛苦地迈出每一步，“你得到地图，而我得到那些孩子。”

“随你喜欢怎样处置他们吧，老头儿。”奥利维亚回答说，“我也是时候要走了。”

“哈，哈！这真是好消息！真的妙极了。如果你想听真话的话，不瞒你说，塔罗斯和我都衷心地希望以后都不会再见到你。”那老人转身怒视他的助手，“你竟敢想去执行那样的命令？他们是孩子……哈！守则第三十二条：不要理会小孩子，我没有教过你吗？”

奥利维亚·牛顿突然爆出一声大笑。

“你可不要笑得太早，女祭司。哈！我只是让你留着那地图，因为我的诺言在这个城里还值一点钱。”那老人伸出他肿胀的脚，去推了推“牙尖嘴利”那四肢瘫在地上的身体，“哈！还好，这年轻小子还没死掉。”

接着，他探了探身子，以他那暴躁的怒视，直勾勾地看到那女人的眼里去，说：“在我改变主意，答应将塔罗斯请求我给它的特别零食赐给它之前，立即离开这里！”

“吩咐你的人带我走，”奥利维亚回答说，“你将永远不会再见到我。”

“失落已久的地图之店”的老店主摆摆手，那年轻埃及男人便跟她一起逃走了。

老人向瑞克弯下腰：“唉，宝石之心，你还好吗？”

瑞克咳了几声才说得出话来：“为什么你让她走呢？”

“我承诺了她的，哈！而且她付钱给我帮她找地图。”

过了一会儿，玛鲁克把手弓成了杯状，从水池里捧了一点水，洒到杰森的脸上。

“你的朋友受了一点伤，宝石之心，但是……”

当水点洒到杰森脸上，他突然剧烈地咳嗽起来。

“哈！我说他会安然无恙。”

“他们去了哪里？”杰森睁大眼睛问道。

“他们带着地图走了……”玛鲁克告诉他。

当杰森留意到地图店的老人也在这里时，他不由得睁大了眼睛。“你在这里做什么？”他大叫，“呀……我现在明白了……奥利维亚·牛顿从我们手中抢去那地图，那都是你的安排！”

那老人慢慢地举起双手。

“哈，那一拳倒没有把你那锋利的口舌打钝一些。事实上……我没有从你手上把地图抢走，只是人家付钱给我去找地图罢了。一如既往，我只是设法完成别人交托我去办的事情。哈，哈……”然后他蹒跚地往后退，咬着牙齿强忍痛楚，“哈！每当日落之后，这条腿便更痛了，信我吧！”

那掩藏着阶梯的壁炉仍躺在地上，老人走近它。

“你们……你们做了一些我想也没有想过的事情。”他摇头说，“在哈索尔的喷泉下！我真不敢相信。哈，哈！”

穿过了那堵巨型的墙后，奥利维亚·牛顿打发掉了她的向导，以轻慢的步伐离开。她好几次停步回望，看来没有人跟踪她。为了安全起见，她还是至少拐了五个弯，再往回跑，每次都停下一会儿去看看后面有没有人盯着她。当她完全相信那个地图店的年轻人真的走了时，她决定再回到医生居所邻近的地方去。

她停在打算前往的目的地的对角，计算并等待分秒的流逝，作好她最后的防范。她很渴望快点儿回家，验证一下手上那张基穆尔科夫地图的真伪。她渴望回家，渴望得快要疯了。

但是，不管她如何渴望快点到那儿去，她心里完全清楚，她一定不能冒被人发现的风险。

终于，她认为自己等得已经够久了。她离开了藏身之处，横过马路，直向着那无名的两层高房子走去。这房子看来曾经风光一时。

在最后一次自左至右扫视一遍以后，她滑进房子里去。

房子里一点声音都没有。这幢房子过去曾经是税款征收处，如今已荒置了好一段时间。它的昭彰恶名保证了没有人会在里面闲逛。没有什么东西能比得上交税这念头更令人急欲回避。

藏在地窖里，在一堆破瓶罐和去皮的蒲草后面的，是一扇木门。尤利西斯·摩尔曾试着封死并藏起这扇门。

“现在我要去找出他们每一个……”奥利维亚抓紧了地图，咬牙切齿地说。

她将一张挡住她去路的桌子踢到一旁，直朝那扇门走去。

接着，她拿出那条有猫形把手的钥匙，向门锁插了进去。

但她不需要用到这条钥匙，因为她发现那门根本就没有锁上。

“这样看来，只有当你在门的另外一边时才用得上这钥匙……”奥利维亚注意到这情况，默默地记在心里。

这是一个有趣的细节，但也是非常危险的细节。

如果有另一个人发现这扇门的话，会发生什么事情呢？

她决定稍后才去想这件事。她推开了木门，跨过门坎，跳进了克利奥帕查·比格斯小姐的家。

那些猫儿开始四处奔逃，像疯了一样狂叫。奥利维亚在它们中间走过，看也没有看它们一眼。

“曼弗雷德？”

伴随着轻轻的嘀嗒声，她的手表又重新运转了。

克利奥帕查·比格斯仍然睡在沙发上，她的嘴张得大大的。她那名叫西泽的猫在她的臂弯里弓起了身子。

奥利维亚从窗口向外看。只见雨水渐渐消失，差不多完全停止了，但天空仍然阴霾密布，排水沟满溢着雨水。

“曼弗雷德！”她再一次呼唤，朝前门走去。

屋外，车子已经开走了。

“气死人了！那家伙死到地球哪个角落去了？”

正当奥利维亚想要爆发她那习惯性的臭脾气时，她想起那仍在她身边的地图。

她摊开了地图。当她这样做的时候，便忍不住开始大笑起来。

她的笑声越来越大，越来越大……

谁在乎那可信的司机和车子在不在这儿呢?

她最后一次转身回到客厅，从地上捡回她的皮裘，还将比格斯小姐的羊毛拖鞋穿到自己的脚上。

当她离开的时候，她顺手将灯关掉。

“晚安，比格斯小姐……”

她走到街上，沿着那湿漉漉的街道前行。

除了微微细雨和过大的拖鞋，奥利维亚・牛顿的心情好到了极点。

第二十三章

回家

瑞克、杰森和玛鲁克等地图店的店主离开后，便立即回到访客之家。法老的随行人员仍然在花园里列队行进，没有人注意到这几个小孩子。

瑞克和杰森向生命屋的巨墙投下最后一瞥，然后，他们全都转身，向地底的储物室走去。

一到了下面，他们便沿着瑞克留下的记号，找到了他们遇见玛鲁克的那个房间。

两个男孩子将那木板移到一边去，开始动手揭开那砖墙上的洞。

好一会儿，他们都没有作声，那逼近的离别令他们好生窘困。

“我认为……”当那穿过砖墙的通道再一次展现出来时，玛鲁克终于开口说，“我们应在这儿道别。”

杰森搔搔他那因为受了一击仍感到疼痛的脑袋。

瑞克则害羞地盯着地面。“我猜你说得不错……”

“唔，那么……”玛鲁克从脖子上摘下她那宝贵的护身护，笑着将它递给瑞克和杰森，“我不知道应给你们哪一位，但是……我希望你们能把它带在身边。”

她最终将护身符塞到杰森手里，虽然他颇不愿意接受这意料之外的礼物。“玛鲁克，不……这对你来说是那么的重要。”他想起这女孩常常用这东西来祈祷。

玛鲁克竖起了一根指头到唇前，说：“这是我给你的礼物。何露斯之眼会照顾你，保护你免受一切厄运，就像在‘不在那儿的房间’里保护我们一样。”

杰森不愿接受这份礼物。

“无论你往哪儿去，随身带着它吧。”玛鲁克坚持她的决定。

瑞克微微皱着眉头，想了一想，便将背包放在地上。“礼尚往来……”他拔出剩下的最后几根火柴，“这只是给你留个纪念……也许能让你的朋友吃一惊的。它们当然及不上你那项链那样特别。但我们……我们再没有别的东西可以给你，除了那几米绳索之外。”

玛鲁克接过了火柴，把它们看成是全世界最珍贵的礼物。

然后，那三个孩子沉默地站了一会儿，回想这个令人难以置信的下午，发生在他们身上的每一件事情。

“我们会再见吗？”玛鲁克问道。

“我打赌一定会！”杰森回答说。

瑞克微笑：“我们会回来的，一定。”

他们互相拥抱。

“对于你的地图，我感到很难过……”玛鲁克郁郁地说。

“不要担心它。”

“我们会拿回它的。”

他们看着对方，大家都在脑海中搜寻最后的惜别之词。

“那么，去吧！你的妹妹在等你呢，杰森……而你，瑞克，一定要多保重，好吗？”

“你大可放心，玛鲁克，小心点儿。如果你能办到的话，要保护这个地方。”

“好吧，再见……”玛鲁克鼓励他们说，“在我决定跟你们走过那扇门之前，快点走吧。”

瑞克和杰森爬过砖墙，并且将身后那个墙洞封好。他们能听到玛鲁克在墙的另一边做着相同的事情。当他们封好那墙洞之后，他们向那砖墙投下最后一瞥，作为道别。

他们走下楼梯，转过弯角，到达那一切事情的起点——大门。

“我们在这里……”瑞克说。

杰森盯着那扇门，然后结结巴巴地说：“你知道是什么叫我真的感到愤怒吗？”

“什么？”

“那就是经过这一切纠缠以后，我们连那地图为什么那样重要的原因也搞不清楚。上面写着基穆尔科夫，而它也写满了古怪的名字……但我仍不明白，为什么要将它藏在那儿。我们只差一点儿额外的运气便能找出答案！”

“事实上，我认为我们还真够走运呢，跟那些毒蛇在一起……”

杰森点点头。

他们觉得自己就像游戏中的小卒，连游戏的规则也没弄明白。

“游戏继续下去，”杰森说着，将手掌放到神秘大门上，“如果这扇门能带我们回到阿尔戈山庄……”

“是的，”瑞克说，“游戏继续下去。”

他们深深地吸了口气，越过那门槛。

内斯特带朱莉娅离开崖边。

“我们进去吧……”他对她说。

“他伤到你了吗？”

内斯特摇摇头：“没有，他只是使我轻微擦伤而已。你怎么样？”

“我只是有点受惊。”

“那很好。”

“你认为他……他死了吗？”朱莉娅以平静的声音望着大海说。

灯塔的光柱在微雨中沉默地转动，照到他们身上，一次又一次。

“你认为他死了吗？”朱莉娅重复问道，“这儿离下面很远……”

内斯特耸耸肩。

“你认为我有没有做错呢？”朱莉娅情急地问，“你认为这是我的错吗？”

内斯特没有回答。他朝曼弗雷德的车子走去，拉开了车门。

“内斯特？”朱莉娅站在屋子的门前喊道。她浑身滴着水而且冷得发抖，“说些话啊！”

“不用担心。他没有死掉……像他这样的人，就像猫儿一样，是有九条命的。”

他坐到方向盘后面。

“你现在打算做什么？”朱莉娅问道。

“我把车开走。”

朱莉娅回到屋里去，仍然像片叶子那样浑身哆嗦。她跌坐回客厅的椅子里，将脚甩到一旁去，整个人蜷曲在椅子的扶手里。

她能听到内斯特发动曼弗雷德车子的引擎声，然后是车子开走的声音。

当她再度睁开眼睛的时候，内斯特已在她面前凝视着她。

“你还好吗？”他问。

朱莉娅回望了他一眼：“你把车子开到哪里去了？”

“崖顶上。”内斯特回答，就像以往一般严肃而高深莫测。

朱莉娅不能令眼睛再多撑开一会儿，她倦极了，精疲力竭而且极度虚耗，更何况雨水将她的骨头都打透了。

“我们不会告诉任何人，是吗？”她低声说。

“不会，一个人也不告诉。”

朱莉娅点点头："好。那么，我们只需等瑞克和我哥哥回家，然后……因为他们正在回家的路上，不是吗？"

"当然了，他们会回家的。"

朱莉娅还想说一些什么，但实在是太困了，然后便悠悠进入睡乡。她突然感到全身轻飘飘，好像有人抱起了她。接着，她感到楼梯的冷气流和厚毯子裹着她的温暖感觉。

厚重而温暖，就像她的睡意一样。

她开始做梦，在她的梦里，她听到神秘大门突然打开，而她的哥哥大叫："我们回家了！"

接着她梦到，她也听到瑞克的声音，还有内斯特的声音，向楼上跑来，脚步声。虽然她无法睁开她的眼睛，但朱莉娅知道，外面的暴风雨终于完结了。

第二十四章

暴风雨的终结

暴风雨终于过去，掉下悬崖的曼弗雷德死了吗？他拼命要抢夺的到底是什么？

当黎明来临的时候，那曾向基穆尔科夫大发雷霆的暴风雨终于渐渐消退。云层飘远了，让第一线晨光照射进来。海鸥突然冲入波涛，捕食鱼儿。海面上翻卷着柔和的波浪。

波浪卷到沙滩上，将一丛丛的海藻、贝壳、浮木和旧渔网都卷到岸上去。但还有较大件的船只残骸和被弃的货物，那是渔夫们在他们能主动弃货保命前所丢下的。那里还有一段几米长的树干，和一张又旧又破的帆，没有人晓得它是在哪次风暴中，在哪个海洋被丢弃的。

但那儿还有一个脸孔埋在沙堆里，一动不动的男人。他穿着黑色衣服和一件雨衣。海水冲到他脚下，而他掉了一只鞋。

一些海鸥飞到他身边去，好奇地张望，希望他是一条能让它们饱餐一顿的大海鱼。

那男人突然呛咳起来。

他挥了一下手，跟着说了一连串狂怒却不明所以的话。

他闪电般坐了起来，赶走了身边那些受惊的海鸥，开始咳吐出一些海水来。

当他冷静下来之后，他试着移动一只脚，接着是另一只脚，然后检查他自己的手和肋骨。他全身疼痛，但看来却没有骨折。

他闭上眼睛，又再睁开。

他的右手在流血，十分疼痛，有一件东西被紧握在他的掌心里。他的手指太僵硬了，不得不用另外一只手去将手指掰开。

他被最后一轮咳嗽所摇撼，然后，他笑了。

曼弗雷德手中仍握着那把古旧的钥匙——一条有狮子形把手的钥匙。

尤利西斯·摩尔精心藏起的地图到底有什么意义？曼弗雷德为何要不顾性命地夺取狮形钥匙？暴风雨虽然过去，但孩子们却即将迎来更为惊险的考验……

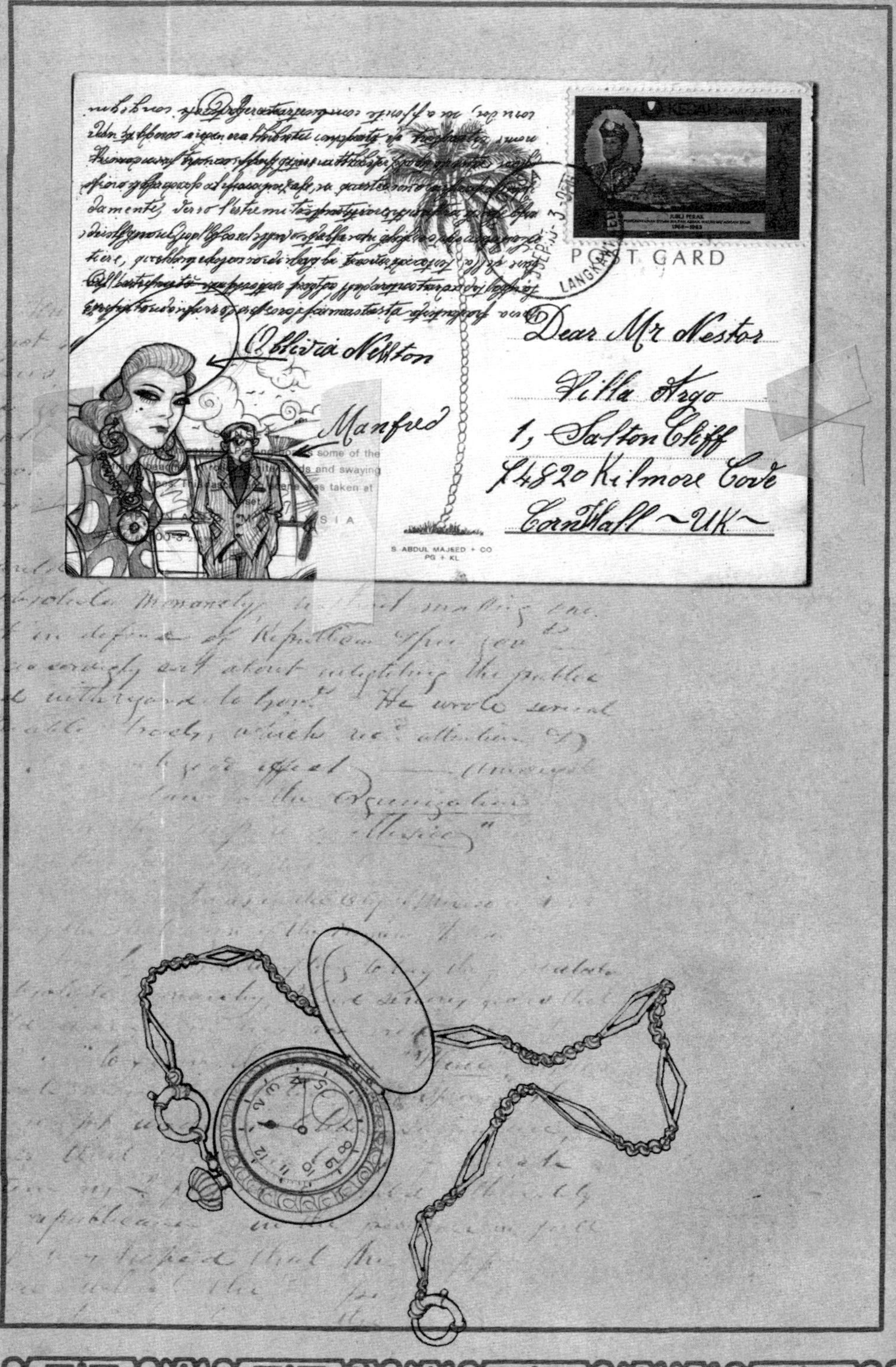

POST CARD
Oblivia Newton
Manfred
S. ABDUL MAJEED + CO
PG + KL
Dear Mr Nestor
Villa Argo
1, Salton Cliff
L4820 Kilmore Cove
Cornwall ~ UK ~

PYTHAGOREAN TABLE

1	2	3	4	5	6	7	8	9	10
2	4	6	8	10	12	14	16	18	20
3	6	9	12	15	18	21	24	27	30
4	8	12	16	20	24	28	32	36	40
5	10	15	20	25	30	35	40	45	50
6	12	18	24	30	36	42	48	54	60
7	14	21	28	35	42	49	56	63	70
8	16	24	32	40	48	56	64	72	80
9	18	27	36	45	54	63	72	81	90
10	20	30	40	50	60	70	80	90	100

ARKE & SON.

DAVIDSON PETERS HILL

SOUTH SIDE OF ST PAULS

LONDON